Franjo Terhart

Das Geheimnis der Amphore

© privat

*Franjo Terhart*, 1954 in Essen geboren, unterrichtete einige Jahre Latein und Philosophie, ist seit 1985 für den WDR und verschiedene Zeitungen tätig. Seit 1990 ist er Kulturbeauftragter der Stadt Neukirchen-Vluyn. Inzwischen sind rund 40 Romane, Sachbücher und Jugendbücher von ihm erschienen, viele davon zu antiken oder mittelalterlichen Themen.

© privat

*Marei Schweitzer*, geboren 1973, studierte in Bremen, Stockholm und Straßburg Grafik-Design, Kunst und Illustration. Sie lebt als freie Illustratorin und Autorin in Hamburg.

Franjo Terhart

# Das Geheimnis der Amphore

## Ein Mitratekrimi aus dem Alten Rom

Mit Zeichnungen von Marei Schweitzer

Deutscher Taschenbuch Verlag

Originalausgabe
In neuer Rechtschreibung
Februar 2006

www.dtvjunior.de
Umschlagkonzept: Balk& Brumshagen:
Umschlagbild: Marei Schweitzer
Lektorat: Maria Rutenfranz
Gesetzt aus der Berling 11/14'
Gesamtherstellung: Druckerei C. H. Beck, Nördlingen
Printed in Germany
ISBN-13: 978-3-423-70982-8
ISBN-10: 3-423-70982-0

*Nil tam difficile est, quid quaerendo investigari non possit*

(Nichts ist so schwierig, dass man es nicht
durch Nachforschungen herausfinden könnte)

*Terenz*

GÄIVS TITVS PVBLIVS CORNELIĂ

# Personen der Handlung

CORNELIA, TITUS, PUBLIUS und GAIUS: *vier Freunde und Spürnasen aus Rom*

MARCUS TITUS STATILIUS: *Vater von Cornelia und Titus, Imker*

LUCRETIA: *seine Frau*

LIVIA UND CLAUDIA: *Freie im Haus des Imkers*

PLAUTUS und VALERIUS: *Sklaven im Haus des Imkers*

QUINTUS FABIUS PUBLIUS: *Senator und Vater von Publius*

MARCUS ANTONIUS: *Lehrer*

CLAUDIUS JOSEPHUS PRISCUS: *Weinhändler*

VALERIUS FABRICIUS SENECA: *alter Legionär*

CLAUDIUS SEVERUS RUFUS: *Senator*

CALPURNIA: *seine Frau*

CASSIUS PETRONICUS: *Satiriker*

TULLIA: *stadtbekannte Schöne*

MAURUSSUS: *ihr nordafrikanischer Partner*

JOSEPHUS FESTUS: *Ädil*

DIONYSUS: *ehemaliger Legionär in Cäsars Heer*

# Flink wie ein Schnappmaul

Bei Jovis! Träume ich? Hast du das gesehen?«, rief Titus entgeistert und stupste seinen Freund Publius so heftig in die Seite, dass der wie vom Blitz getroffen stehen blieb.

»Au! Nein, beim Hades! Habe ich nicht«, antwortete Publius und rieb sich die schmerzende Stelle. »Behalte deine spitzen Knochen bei dir. Und überhaupt bist du so weiß wie Kreide. Hat dich ein Gespenst geküsst?«

Um sie herum herrschte hektisches Treiben. Die beiden Jungen befanden sich mitten im Argiletum, dem Viertel der Händler und Diebe, wie es in Rom hieß. Titus schluckte nervös. Er musste erst einmal verdauen, was er beobachtet hatte: Er war soeben Zeuge eines dreisten Diebstahls geworden! Nur wenige Schritte vor ihm war ein Junge blitzschnell aus der Menge der Passanten vorgestoßen. Dann hatte er einem ahnungslosen Mann, der in die Entzifferung eines stark verwitterten Türschilds vertieft war, blitzschnell seinen ledernen Geldbeutel abgenommen, um danach augenblicklich im geschäftigen Treiben der Menschen um ihn herum zu verschwinden.

Als Titus seinem Freund davon erzählte, war seine Stimme noch immer heiser vor Aufregung.

»Nein, ist mir entgangen«, bedauerte Publius. »Vielleicht hätten wir den frechen Knaben zu zweit stellen können?«

Doch Titus stand noch immer zu sehr unter dem Bann des Ereignisses, um auf die Bemerkung seines Freundes einzugehen. »Seine Finger hättest du sehen müssen! So flink wie das Schnappmaul einer Schlange, die eine Maus vor sich hat, hat er zugeschlagen.« Es klang schon fast ein wenig bewundernd.

Diebstähle gab es hier im Argiletum zuhauf. Doch wie schnell dieser in der Menge abgelaufen war, hatte Titus erschreckt, zumal der Dieb offenbar ein Junge in seinem Alter war.

»He, ihr zwei, was gibt es denn hier zu gaffen?«

Die Stimme gehörte Cornelia. Das Mädchen war die ein Jahr jüngere Schwester von Titus. Sie hatte gerade bei einem Händler frische Kräuter gekauft – ein dringender Auftrag ihrer Mutter.

Während Titus und Publius sich nach Cornelia umsahen, kam plötzlich Leben in den Bestohlenen, ja erst jetzt schien der Mann in der hellblauen Tunika den Diebstahl seiner Börse überhaupt zu bemerken. »Bei den allmächtigen Göttern!«, schrie er aufgebracht. »Man hat mich beklaut! Eben hielt ich meine Geldbörse noch sicher vor meiner Brust verwahrt und jetzt ...« Er beendete seinen Satz nicht, sondern starrte ungläubig auf seine leeren Hände. »In dem Beutel befanden sich acht Denare, ach, was weiß ich, wenn nicht mehr«, stammelte er leichenblass. »Wie soll ich denn nun meine Schulden bei Brutus, dem König der Wucherer, begleichen? Brutus wird trotz allem darauf bestehen, endlich sein Geld zurückzubekommen. Er wird mir alle Knochen im Leib brechen!«

Der Mann jammerte so laut und verzweifelt, dass die Kinder mitleidig näher traten.

»Ich habe den Dieb gesehen«, erklärte Titus und machte einen vorsichtigen Schritt auf den Bestohlenen zu.

Cornelias Mundwinkel zuckten verdächtig. Das war immer so, wenn sie »Fährte aufnahm«, wie sie es nannte. Cornelia interessierte sich brennend für Verbrechen aller Art. »Kannst du den Jungen beschreiben?«, wollte sie sofort von ihrem Bruder erfahren. »Hatte er vielleicht irgendwelche auffallenden Merkmale, die ihn von anderen unterscheiden?«

Titus kannte diese Art von Fragen nur zu gut von ihr. Er verdrehte die Augen, wollte eigentlich nicht darauf eingehen.

Aber zu spät.

Der Mann vor ihnen schaute auf, wandte sich ihnen zu und starrte sie herausfordernd an. »Wenn ihr etwas wisst, dann heraus mit der Sprache«, forderte er die Kinder auf. Es klang ziemlich grob – und dabei wollten sie ihm doch nur helfen.

»Da war ein Junge in meinem Alter«, erzählte Titus arglos. »Dunkles, lockiges Haar, etwas kleiner als ich, vielleicht auch ein wenig dünner. Soweit ich mich erinnere, trug er eine schmuddelige wollene Tunika mit einem schwarzen Lederriemen um seinen dürren Körper.«

»Ach ja?«, stieß der Mann zornig hervor. Seine dunklen Knopfaugen blitzten gefährlich auf. »So wie du ihn beschreibst, sieht ja fast jeder von diesem bettelnden Gesocks in den Gassen Roms aus. Wie soll mir das denn weiterhelfen, du Schlaumeier?«

Cornelia ließ sich von dem unverschämten Gehabe des Mannes nicht beeindrucken.

»Ist dir sonst nichts an ihm aufgefallen?«, bohrte sie bei Titus nach.

Ihr Bruder verzog erneut die Mundwinkel, überlegte jedoch angestrengt. »Nein, eigentlich nicht«, kam es langsam, »doch wenn ich es mir genau überlege, dann humpelte er leicht und trug einen Verband um das linke Knie. Oder war es das rechte? Ich weiß es nicht. Jedenfalls sah er irgendwie so aus, als sei er vor nicht allzu langer Zeit in eine Schlägerei verwickelt gewesen.«

»Das ist doch was!«, triumphierte Cornelia. »Man muss nach einem Jungen suchen, der leicht humpelt und einen Verband ums Knie trägt.«

Das Opfer beäugte die Kinder misstrauisch. »Was quakt ihr da eigentlich für einen Unsinn? Ich habe den Eindruck, ihr wollt mich bloß verwirren. Dabei versucht ihr von etwas ganz anderem abzulenken. Magerer Junge, schmuddelige, geflickte Tunika, Verband am linken oder rechten Knie. Klingt alles ziemlich ausgedacht, nicht wahr? Das habt ihr euch wahrscheinlich vorher so zurechtgelegt, um mich schwindelig zu reden. In Wirklichkeit ist der Dieb gar nicht in der Menge untergetaucht, sondern steht immer noch vor mir, nicht wahr?«

Die letzten Worte schrie der Bestohlene so laut, dass einige vorbeieilende Passanten sich entsetzt nach ihm umdrehten. Er kam jetzt dicht auf Cornelia zu. Dabei breitete er seine Arme wie Tentakeln aus, als ob er Cornelia einfangen wollte. Das Mädchen bemerkte, dass er aus dem Mund stark nach Wein stank.

»Ich denke, genau so ist es gewesen, ihr freches Lumpenpack! Oder gibt es etwa unwiderlegbare Beweise dafür, dass ihr mich nicht bestohlen habt?«

»Nein, nein, so ist es ganz bestimmt nicht gewesen«, beteuerte Titus seine Unschuld.

»Wir wollen dir doch nur helfen«, verteidigte sich Cornelia. »Sehen wir etwa aus wie dreiste Diebe?«

»Wer sich verteidigt, klagt sich an«, schleuderte ihnen der Mann giftig entgegen. Längst war er davon überzeugt, die Schuldigen erwischt zu haben. Vermutlich war er auch verzweifelt und klammerte sich an die vage Hoffnung, seinen prallen Geldbeutel schon bald wieder in Händen zu halten.

»Diebe, dreistes Pack! Ihr seid die Lumpen, die mich überfallen haben«, kreischte er so laut, als hätte er sich auf eine Nadel gesetzt.

»Nichts wie weg hier!«, rief Publius. »Der Kerl spinnt ja. Los, lasst uns abhauen.«

Cornelia überlegte noch kurz, ob das die richtige Reaktion auf das unangemessene Verhalten des Bestohlenen war, aber dann stimmte sie Publius zu. Der Mann hatte sich so sehr in seine fixe Idee verstiegen, dass mit ihm nicht mehr vernünftig zu reden sein würde.

Offenbar galt im Alten Rom nicht nur für die Nacht, was der römische Dichter Juvenal riet: »Am sichersten gehst du nachts in Rom ohne Tasche oder Gepäck.«
*Wo steckt der Geldbeuteldieb und wie viele weitere Gauner gehen auf dem Bild ihrem unlauteren Gewerbe nach?*

Wie auf ein geheimes Zeichen hin drängten die Kinder an dem Mann vorbei, der vergeblich versuchte einen von ihnen fest zu halten.

»Du weißt genau, dass wir es nicht waren«, zischte Cornelia ihm noch zu, dann waren die Kinder in der teilnahmslosen Menge untergetaucht.

»Sie haben mich bestohlen«, rief der Mann verzweifelt einem Passanten zu, der ihn neugierig betrachtete. »Hier aus der Hand haben sie mir den Beutel gerissen.«

»Du Trottel!«, kam es zurück. »Man trägt seine Geldbörse ja auch nicht wie ein Legionszeichen vor sich her, sondern lässt sich einen Gürtel dafür anfertigen. Das hast du nun davon, du dummer Hund!«

Die drei Freunde machten sich so schnell wie möglich aus dem Staub. Niemand hinderte sie daran. Im dichten Gedränge der kurzen Straße, wo sich Laden an Laden, Werkstatt an Werkstatt reihte, war es mühsam, voranzukommen. Titus stieß in der Eile sogar mit einem Mann zusammen, der eine gestreifte Kapuze trug und ihn böse anstarrte. Vor Schreck hätte er fast seine Freunde aus den Augen verloren. Hastig rannte er weiter.

Das Viertel, das die Römer Argiletum nannten, wurde von vielen kleinen Gassen durchzogen, in denen man mögliche Verfolger sehr schnell abschütteln konnte. Nach gut dreihundert Schritten gab Titus das Zeichen, stehen zu bleiben.

»Bei Merkur, dem Gott des Handels und der Diebe«, schnaubte Publius, »den sind wir los! Puh, das war knapp. Wenn der Kerl einen von uns erwischt hätte, weiß ich nicht, wie das ausgegangen wäre, so durchgedreht wie der war.«

»Dem scheint mit seinem Geldbeutel gleich sein ganzer Verstand geraubt worden zu sein«, meinte Cornelia. »Mit dem war nicht zu spaßen. Er hätte noch alles Mögliche von uns behauptet.«

»Aber jetzt ist er weg und keiner macht uns mehr für den Diebstahl verantwortlich. Lasst uns zum Forum gehen«, schlug Titus vor. Er blickte zum Himmel, um die Zeit abzuschätzen. »Es kann nicht mehr lange dauern, bis Gaius dort auftaucht – zumindest wenn er sich an seine Verabredung von heute Morgen hält. Bin gespannt, was er zu unserer unfreiwilligen Begegnung mit dem Fremden sagt, wenn wir ihm davon erzählen.«

Fast gemütlich schlenderten die drei Kinder jetzt durch das Argiletum, das pulsierende Herz von Rom. Hier war um diese Zeit alles auf den Beinen, um irgendwelchen Geschäften, legal oder krumm, nachzugehen. Immer wieder mussten die drei Freunde unterwegs Lastenträgern, rumpelnden Karren oder vornehmen Damen in Sänften ausweichen. In den Läden und Werkstätten, an denen sie vorbeikamen, herrschte lebhaftes Treiben. Hier arbeiteten Sandalen- und Schuhmacher, Bäcker, Korbmacher, Schmiede, Fleischer oder Weinhändler. Zwischen streunenden Hunden und bettelnden Kindern, zwischen Passanten auf der Suche nach dem richtigen Laden für ihr Anliegen, zwischen Eseltreibern und fliegenden Händlern schob sich das Trio langsam durch die hastende, niemals ruhende Menschenmenge. Sklaven erkannte man an ihren kurz geschorenen Haaren und den müden Augen in ihren abgezehrten Gesichtern. Viele von ihnen ächzten unter der Last der Waren, die sie auf Rücken, Schultern oder mit bloßen Händen trugen und mühsam zum Haus ihres Herrn schleppten. Bis zum Tempel des Janus, dem Gott der Tore, des Anfangs und des Endes, wo sich die Kinder mit Gaius verabredet hatten, war es ein ziemliches Stück zu Fuß. Auf dem Weg dorthin überquerten sie das Forum Romanum, wo es nicht weniger lebhaft zuging als im Argiletum. Eilige Kaufleute und Bürger aller Stände, Fremde aus fernen Ländern, aber auch Soldaten und Senatoren, die man an ihren prächtigen Togen mit dem roten Purpurstreifen am Saum erkannte, eilten über das Forum mit seinen prächtigen Bauten an den Seiten. Titus zeigte auf einen kleinen Trupp Soldaten, der in Richtung Capitol unterwegs war.

»Schau nur, wie prächtig sie aussehen. Mit diesen tapferen und stolzen Männern macht Cäsar den wilden Galliern den Garaus, sagt unser Vater. Irgendwann möchte ich zu ihnen gehören, aber mindestens als Centurio.«

Publius nickte und betrachtete bewundernd die Helme der ranghöheren Soldaten mit dem leuchtend roten Federbusch. Auch ihre Schilde waren mit einem roten Lederschutz überzogen. An der Seite trugen sie das kurze Schwert, Gladius genannt, das jeden Gegner Roms das Fürchten lehrte.

»Ich möchte später zum Stab von Julius Cäsar gehören«, bekannte Publius. »Wohin dieser große Feldherr Roms auch kommt, immer müssen sich die Feinde seiner Klugheit und der Kraft seiner Legionen beugen. Zur Zeit ist er in Gallien. Gallia ist unser, wird erzählt. Dank Cäsar. Ich habe bereits meinen Vater gefragt und er hat nichts dagegen, dass ich Legionär werde.«

»Du hast es gut«, gab Titus neidisch zurück. »Unser Vater wünscht, dass ich Imker werde, so wie er. Aber ich hoffe, dass darüber noch nicht das letzte Wort gefallen ist.«

»Seht mal, dort drüben steht Gaius«, unterbrach Cornelia das Gespräch der Freunde.

Sie winkte einem Jungen zu, der spitzbübisch zu ihnen herübergrinste. Das liebte sie vor allem an ihm, denn Gaius war immer zu einem Streich aufgelegt. Aber zu häufig hatte er auch Spinnereien im Kopf, die einen mächtig nerven konnten. Anscheinend brodelte es in ihm, denn als Gaius die Freunde auf sich zukommen sah, forderte er sie zu größter Eile auf. »Nun macht doch mal schneller! Ich habe was Unglaubliches gefunden, das muss ich euch unbedingt zeigen.«

»Aber doch nicht etwa einen Geldbeutel?«, entgegnete Titus.

»Wieso Geldbeutel? Was meinst du damit?«, fragte Gaius verblüfft.

»Ach nichts«, winkte Titus ab. »Erzählen wir dir später. Was gibt es denn Spannendes? Deine Hände zittern ja.«

»Ist ja kein Wunder«, gab Gaius zurück. »Bei dem, was ich heute erlebt habe. Los, folgt mir zum Tiber! Dort müssen wir es noch bergen. Hoffentlich hat es mir kein anderer vor der Nase weggeschnappt!«

Die Freunde verstanden kein Wort von dem, was Gaius erzählte, aber mehr war ihm nicht zu entlocken, auch wenn sie ihn noch so sehr drängten sein Geheimnis preiszugeben. Es blieb den Ahnungslosen nichts anderes übrig, als ihm zu folgen.

## Eine mysteriöse Botschaft

Je näher sie dem träge als dunkler Brühe dahinfließenden Tiber kamen, desto aufgeregter wurde Gaius.

»Hoffentlich hat sich noch kein anderer daran zu schaffen gemacht«, murmelte er nervös.

»Wovon redest du bloß?«, fragte Cornelia neugierig.

Aber Gaius schwieg beharrlich und zeigte nur auf eine ferne Uferstelle in der Nähe des Pons Probus außerhalb der Stadtmauern. Dort mussten sie hin. Die Kinder setzten ihren Weg auf dem holprigen Pfad am Ufer fort. Einige Kähne lagen – mit langen Tauen festgemacht – verlassen im Fluss. Der Tiber führte in diesem Sommer nur wenig Wasser und stank deshalb noch mehr nach dem Abwasser, das ihm von der Cloaca maxima, der großen Kanalisation der Stadt, zugeführt wurde. Das gesamte Schmutzwasser Roms, alle Abfälle, die durch die Toiletten der Häuser entsorgt wurden, die in den Häusern der Reichen meist neben der Küche lagen, landeten zuerst in der unterirdischen Kanalisation und danach im Tiber selbst. Kein Wunder, dass der Fluss gerade bei Niedrigwasser mehr einer Kloake glich als einem reinen Gewässer.

Schließlich blieb Publius schnaufend stehen. »*Festina lente* – Eile mit Weile! Was soll denn die Hektik bei dieser Hitze? Ich brauche jetzt erst mal eine Pause!«

»Nein, wir müssen weiter!«, drängte Gaius. »Schnell!«

»Hast du einen Schatz gefunden oder eine Leiche? Die wird nicht wieder lebendig, so schnell wir auch zu ihr rennen«, knurrte Publius und massierte keuchend seine schmerzenden Rippen.

»Kein Toter, aber ansonsten liegst du nicht schlecht mit deiner Vermutung«, sagte Gaius und grinste frech übers ganze Gesicht.

»Was?«, rief Titus, der sich eben auf einen Stein gesetzt hatte, und sprang auf. »Du willst wirklich auf einen Schatz gestoßen sein? Wo? Wie?«

»Wenn das so ist, schleppe ich meinen zerschundenen Körper eben noch ein Stück weiter«, seufzte Publius und fuhr fort: »Aber wehe dir, es ist bloß wieder eine tote Katze, die bereits jahrelang im Schlamm liegt, und du erzählst uns wieder wie beim letzten Mal, es sei eine ägyptische Kindermumie. Das war vielleicht ein Reinfall.«

»Davon träume ich heute noch«, beschwerte sich Titus.

»Nein, so ist es diesmal nicht. Ihr werdet schon sehen«, bemühte sich Gaius ihre Bedenken zu zerstreuen. »Jetzt müssen wir aber los, sonst kommen wir noch zu spät.«

Hastig setzten sie ihren Marsch am Ufer des Tibers entlang fort. Publius ächzte und fluchte laut, weil er seine Seitenstiche nicht loswurde. Cornelia und Titus hielten gespannt Ausschau, ob sie zwischen den Steinen, dem Unrat und dem Sand nahe dem Wasser etwas entdecken konnten, was Gaius' großspurige Andeutung auch nur ansatzweise entsprach.

»Er redet tatsächlich von einem Schatz«, murmelte Titus. »In einer Truhe, in einem Ledersack oder worin soll er versteckt sein?«

Cornelia schüttelte den Kopf. »Bei Jovis Maximus Deus. Ich habe keine Ahnung. Aber wir sollten bei Gaius mit allem rechnen. Die Mumie stellte sich als Katzenkadaver heraus, und wenn ich mich recht entsinne, hat er uns im letzten Jahr mal einen Goldklumpen unterjubeln wollen, der nichts anderes war als ein Kiesel, den er selbst bemalt hatte.«

Titus stimmte seiner Schwester zu. »Wenn es auch diesmal wieder so ausgeht, werfe ich ihn in den Tiber. Das verspreche ich bei der Glatze unseres Vaters, des stolzen Imkers.«

Cornelia kicherte und Publius, der den Rest mit angehört hatte, versprach ihm dabei zu helfen.

Dann hatten sie endlich den Pons Probus erreicht. Gaius hielt sich schützend die Hand über die Augen und zeigte dann aufgeregt auf eine Stelle am Flussufer.

»Sie liegt noch dort«, jubelte er. »Wir müssen sie nur noch gemeinsam herausziehen.«

Cornelia, Publius und Titus starrten auf die angegebene Stelle, konnten aber nichts Ungewöhnliches entdecken.

»Zwei halb verweste Fische, ein Stuhlbein, morsches Holz, sieben große weiße Kiesel, ein Stück rostiges Eisen, ein unförmiger Tierkadaver, an dem sich die Fliegen satt fressen«, begann Titus all das aufzuzählen, was er an der vermeintlichen Stelle sah. »Selten ist ein Schatzfund kostbarer ausgefallen, Gaius!«, machte er seiner Enttäuschung Luft.

»Weil du keine Augen im Kopf hast, mein Freund«, wies ihn Gaius zurecht. »Dort, wo du das alte Stuhlbein liegen siehst, rechts daneben, vielleicht vier oder fünf Fuß. Was siehst du dort?«

Alle folgten jetzt seiner Anweisung. »Ja! Da liegt tatsächlich etwas halb im Sand eingegraben«, rief Cornelia aus. »Es ähnelt einer Amphore, einer ziemlich kleinen. Aber ich sehe immer noch keinen Schatz, Gaius.«

»Weil ihr blind seid wie Kellerasseln«, beschwerte sich Gaius. »Klar ist das eine kleine Amphore, und wenn sie keinen Wein enthält, dann eignet sie sich hervorragend, um darin Gold und Edelsteine aufzubewahren. Jedenfalls machen das die Piraten so, nachdem sie ihre Beute unter sich aufgeteilt haben.«

»Piraten also«, mischte sich Publius ein und kratzte sich nachdenklich am Kinn. »Hm. Wann haben sich denn Piraten zuletzt nach Rom verirrt?«

»Ist mir ganz gleich«, platzte es aus Gaius heraus, der zunehmend ungeduldig wurde. »Lasst uns endlich die Amphore aus dem Sand herausziehen, dann sind wir klüger.«

»Das ist mit Abstand das Beste, was du bisher gesagt hast«, stimmte Cornelia ihm zu. »Nur: Wer von uns traut sich dorthin? Der Sand ist tückisch. Manchmal bleibt man darin stecken wie eine Fliege im Spinnennetz.«

»Ich werde sie höchstpersönlich bergen«, erklärte Gaius

stolz. »Das lass ich mir nicht nehmen. Schließlich habe ich sie auch aufgespürt. Damit ich nicht im Schlamm stecken bleibe, bildet ihr zusammen mit mir Hand in Hand eine Kette, so dass ihr mir notfalls helfen könnt.«

Die vier Freunde waren schon lange ein eingespieltes Team und jeder Einzelne von ihnen sofort bereit, seinen Part zu übernehmen. Zum Glück erwies sich die Gefahr, im Schlick einzusinken, geringer als vermutet. Doch die Bergung der Amphore verlief dennoch nicht so unproblematisch wie gewünscht. Zu fest saß sie im feuchtsandigen Boden und es dauerte eine ganze Weile, bis Gaius sie endlich schweißüberströmt und fast am Ende seiner Kräfte aus ihrem schlickigen Untergrund befreien konnte.

»Bei Jovis!«, stöhnte er laut, nachdem er sie vorsichtig ans Ufer gebracht und auf dem Boden abgesetzt hatte. »Was für ein widerspenstiges Biest. Es wollte sich einfach nicht von mir mitnehmen lassen. Aber jetzt haben wir dich!«

Er tätschelte die Amphore, die ihm bis knapp übers Knie reichte, zärtlich, als wäre sie ein Baby oder ein Schoßhund.

Titus hob sie neugierig hoch und schüttelte sie mehrmals. »Nicht sehr schwer – ich glaube, dass sie vollkommen leer ist.«

»Leer? Aber warum sollte jemand eine leere Amphore verschließen?«, höhnte Gaius. Er tippte triumphierend auf den Deckel. »Sie enthält keinen Wein, dafür ist sie zu leicht, aber vielleicht etwas anderes, Kostbares. Alles andere als Wein wäre schon erstaunlich genug, oder?«

Er war sich seiner Sache ganz sicher. Cornelia verdrehte

die Augen. Für einen Moment kam ihr in den Sinn, dass Gaius das alles selbst arrangiert hatte. Vielleicht lag die Amphore noch gar nicht so lange im Uferschlamm des Tibers, wie Gaius ihnen weismachen wollte, sondern er selbst hatte sie dort vergraben! Aber nein, das traute sie ihm dann doch nicht zu. Oder doch? Gaius war ein Riesenschlitzohr!

»Mach sie endlich auf! Zerbrich den Verschluss und lass uns hineinsehen«, forderte Publius den Freund ungeduldig auf.

Gaius kramte aus seiner Tunika ein kleines Messer hervor, das er immer bei sich führte. Rasch zerstieß er den kalkigen Deckel der Amphore, der in mehreren Teilen zu Boden fiel. Die Kinder achteten nicht weiter darauf. Sie stellten die Amphore auf den Kopf, weil sie hofften, auf diese Weise den Inhalt besser herausschütteln zu können. Falls überhaupt was darin war.

Und in der Tat fiel ein Stück Papyrus auf den Boden. Die vier Freunde erstarrten, als hätte sie der Blitz getroffen.

»Habe ich es doch gewusst«, rief Gaius mit sich überschlagender Stimme. »Eine Schatzkarte! Ich täusche mich nicht! Eine Schatzkarte. Was sonst?«

»Oder ein Liebesbrief!«, brummte Titus.

Sie entrollten den rissigen Papyrus, der mit einem kleinen Bändchen verknotet war, und stießen tatsächlich auf einen Brief, den jemand offenbar vor längerem geschrieben hatte. Was dort zu lesen war, sah allerdings sehr merkwürdig aus: Buchstaben nebeneinander gereiht, die keinen Sinn ergaben, und ein schockierender Text:

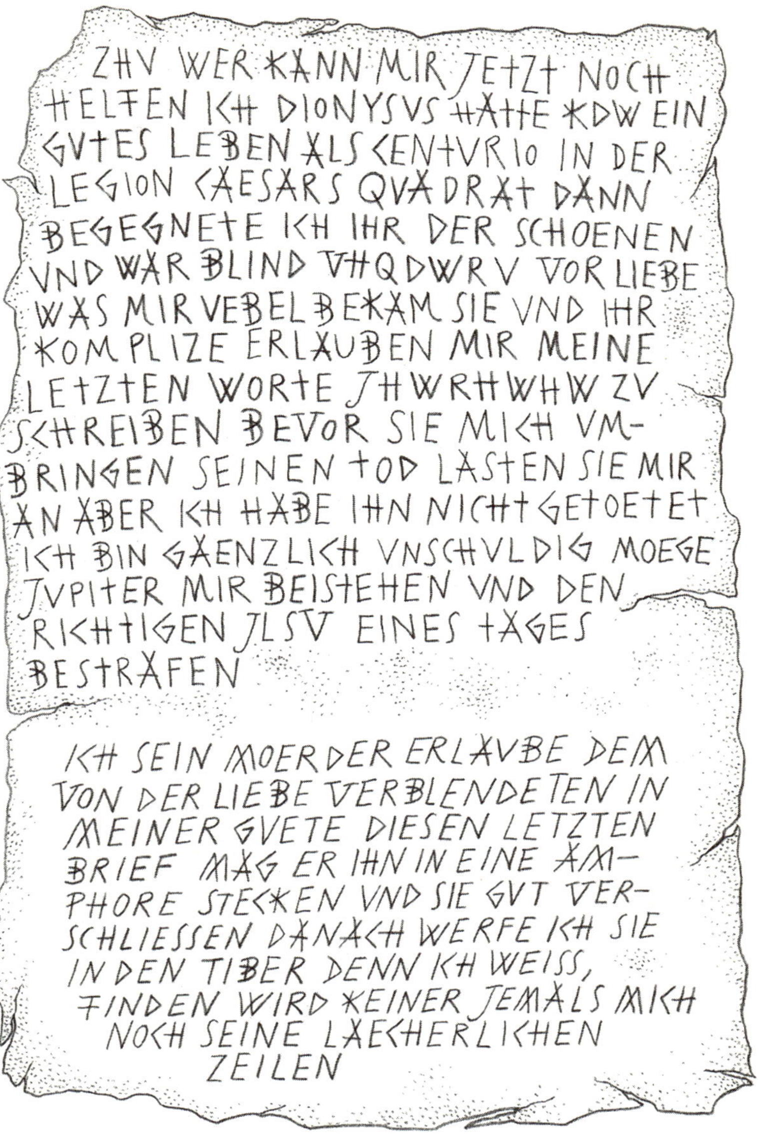
ZHV WER KANN MIR JETZT NOCH
HELFEN ICH DIONYSVS HATTE KDW EIN
GVTES LEBEN ALS CENTVRIO IN DER
LEGION CAESARS QVADRAT DANN
BEGEGNETE ICH IHR DER SCHOENEN
VND WAR BLIND VHQDWRV VOR LIEBE
WAS MIR VEBEL BEKAM SIE VND IHR
KOMPLIZE ERLAVBEN MIR MEINE
LETZTEN WORTE JHWRHWHW ZV
SCHREIBEN BEVOR SIE MICH VM-
BRINGEN SEINEN TOD LASTEN SIE MIR
AN ABER ICH HABE IHN NICHT GETOETET
ICH BIN GAENZLICH VNSCHVLDIG MOEGE
JVPITER MIR BEISTEHEN VND DEN
RICHTIGEN JLSV EINES TAGES
BESTRAFEN
ICH SEIN MOERDER ERLAVBE DEM
VON DER LIEBE VERBLENDETEN IN
MEINER GVETE DIESEN LETZTEN
BRIEF MAG ER IHN IN EINE AM-
PHORE STECKEN VND SIE GVT VER-
SCHLIESSEN DANACH WERFE ICH SIE
IN DEN TIBER DENN ICH WEISS,
FINDEN WIRD KEINER JEMALS MICH
NOCH SEINE LAECHERLICHEN
ZEILEN

»Wie furchtbar! Der arme Mann«, rief Cornelia entsetzt und schlug sich fassungslos die Hand vor den Mund.

Titus spürte, wie seine Kehle trocken wurde. »Sie haben ihn wirklich ermordet, nachdem er diese Zeilen schreiben durfte? Wer kann so etwas Gemeines tun?«, krächzte er. »Er muss Todesangst gespürt haben, sonst hätte er nicht diese komischen Buchstaben geschrieben – als wäre er nicht mehr ganz bei sich.«

Das wird sich sein Mörder wohl auch gedacht haben, durchfuhr es Cornelia. Doch irgendwas an dem Brief irritierte sie. Gaius und Publius hatte es die Sprache verschlagen. Dass sie ursprünglich gehofft hatten auf einen Schatz zu stoßen, davon war jetzt nicht mehr die Rede. Die Kinder spürten, dass sie etwas Ungeheuerliches in Händen hielten.

»Was jetzt?«, fragte Publius nach einer Weile zögerlich. »Sollen wir den Brief nicht lieber meinem Vater zeigen?«

»Ja, lasst uns zu ihm gehen«, stimmte Cornelia zu. Publius' Vater, der Senator Quintus Fabius Rufus, würde der Sache nachgehen und sie gegebenenfalls den Ädilen übergeben.

Aber Cornelias Stimme klang schleppend und die drei Freunde merkten sofort, dass das Mädchen über irgendetwas nachsann. Titus kannte seine Schwester nur zu gut. Irgendetwas war ihr an dem Brief aufgefallen oder hatte ihr Misstrauen geweckt. Innerlich hoffte der Junge sogar, dass Cornelia mit ihrer großen Vorliebe für knifflige Dinge vielleicht das Ganze als bösen Scherz enttarnte. Das Mädchen war nicht so leicht übers Ohr zu hauen. Stellte sich alles nur als großer Bluff heraus, so war das sicherlich eine üble Sache, aber immer noch besser, als wenn der verzweifelte Briefschreiber die Wahrheit gesagt hätte.

»Was für ein elender Schuft muss das sein, der sein Opfer noch kurz vor dessen Tod derart verhöhnt«, schimpfte Publius plötzlich empört. »Man sollte ihn zu den Haien ins Meer stoßen!«

Da ergriff ihn Cornelia so fest am Arm, dass dieser sich erschrocken wehrte: »He! Was soll das?«

Aber das Mädchen schien ihn gar nicht zu hören und Titus strahlte übers ganze Gesicht, als er seine Schwester anblickte. Jetzt hat sie's, dachte er freudig. Am Ende nichts als Literatur, wie sie die Komödiendichter schrieben? Ein Scherz?

Aber weit gefehlt!

»Ich habe doch geahnt, dass an dem Brief von diesem Dionysus etwas oberfaul ist«, begann das Mädchen. »Die ganze Zeit habe ich überlegt, was mir daran aufstößt. Und das ist nicht nur diese scheinbar sinnlose Buchstabenfolge an einigen Stellen in seinem Brief. Aber jetzt weiß ich es«, rief sie triumphierend.

»Alles nur Theatertext, nicht wahr, Schwesterlein?«

Sie blickte ihren Bruder ernst an. »Leider nicht, Titus! Dieser Dionysus muss sehr schlau gewesen sein, denn er hat seinem Mörder im Nachhinein eine Falle ganz besonderer Art gestellt.«

»Ich verstehe kein Wort. Wie kommst du denn darauf?«

Cornelia blickte Gaius an, der aufgeregt an einem Stück Holz herumkaute.

»Cäsars Quadrat ist der Schlüssel zum Geheimnis dieses

Briefes«, antwortete sie und ihre dunklen Augen blitzten auf.

Die drei Jungen starrten das Mädchen verständnislos an.

»Das ist doch bloß eine Legion Cäsars«, meinte Publius.

»Eben nicht!«, erwiderte Cornelia wissend. »Cäsars Quadrat ist nämlich keine Legion, sondern etwas völlig anderes. Ich erinnere mich an ein Gespräch zwischen unserem Onkel Gracius Valerius, der zum Stab um Cäsar gehört, und unserem Vater, das ich heimlich belauscht habe. Dabei erzählte Gracius – offenbar hatte der Wein seine Zunge gelöst – von einer geheimen Methode, etwas in einem Brief so zu verschlüsseln, dass es nur der Eingeweihte richtig deuten kann. Diese Methode nannte er Cäsars Quadrat, weil der berühmte Feldherr sie persönlich erfunden hat. Diese geheime Art, Nachrichten zu übermitteln, kennen nur seine treuesten Mitarbeiter – und ich!«

»Und was heißt das nun?«, fragte Gaius irritiert.

»A ist in diesem Alphabet nicht A«, begann Cornelia.

»Sondern?«, unterbrach sie Gaius ungeduldig.

»Man verschiebe das ganze Alphabet um drei Stellen, so dass der erste Buchstabe nun den vierten bezeichnet und ordne dann das geheime Alphabet dem normalen zu«, erklärte Cornelia ungerührt.

»Ich verstehe kein Wort«, stöhnte Titus.

Aber Gaius hatte bereits begonnen die rätselhaften Buchstaben des Briefes in den Sand am Tiberufer zu schreiben:

ZHV KDW VHQDWRV JHWRHWHW JLSV

Cornelia schrieb zunächst das normale Alphabet darunter, dann das versetzte:

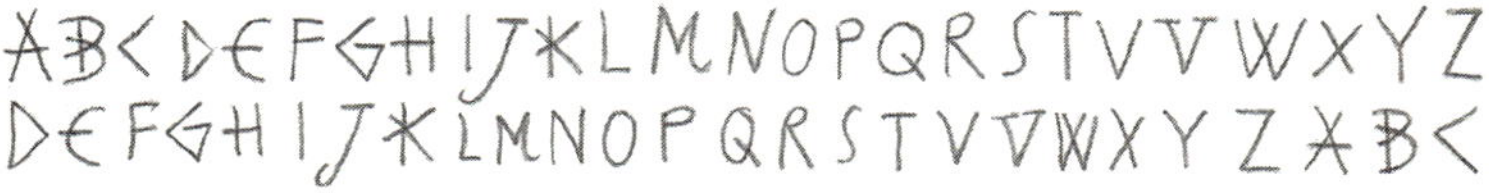

Schließlich beugten sich alle vier darüber und begannen zu entziffern, was Dionysus der Nachwelt in seinem Brief mit dem Geheimcode hatte mitteilen wollen.

*Wie lautet die Nachricht des Dionysus an die Nachwelt?*

Die drei Jungen rissen sich zusammen, wollten nicht dümmer sein als das Mädchen. Gebannt starrten sie auf den rätselhaften Text. Einen nach dem anderen schrieb Gaius unter die merkwürdigen Buchstaben den zugehörigen aus dem normalen Alphabet. Staunend lasen sie die Lösung, die eine Frage und eine rätselhafte Antwort enthielt.

»Wer hat Senator getötet Gips«, murmelte Titus ungläubig. »Was soll das? Ist das nicht purer Unsinn, was uns dieser Dionysus da angesichts seines Todes mitteilen will?«

»Nein, das glaube ich leider nicht«, widersprach Gaius. »Dionysus musste seine Botschaft an die Nachwelt verschlüsseln, weil ihm keine andere Wahl blieb. Sein Mörder hat diesen Brief auch gelesen und Dionysus konnte nur hoffen, dass ihm dabei nicht auffallen würde, was uns jetzt dank Cornelia aufgefallen ist!«

»Jungs!«, fiel ihm das Mädchen abrupt ins Wort. »Ich sage euch was. Wir lösen diesen Fall allein! Wir übergeben den Brief nicht einem der sechs Ädilen, die für derartige Verbrechen zuständig sind. Das tun wir erst, wenn alles klar ist. Wenn wir den Fall gelöst haben. Fortuna fortes adiuvat – Den Tüchtigen hilft das Glück! Wir vier sind Freunde und wir schaffen es ganz allein, Dionysus doch noch zu seinem Recht kommen zu lassen. Der Ärmste hat auf Leute wie uns gesetzt. Auf kluge Köpfe, die hinter die ganze bittere Wahrheit kommen, was da gelaufen ist. Das ist das Unglaublichste, was uns bislang begegnet ist. Schlaues Köpfchen ist hier angesagt. Und eine dicke Portion Fortuna! Wir kriegen raus, was wirklich geschehen ist und wer die Täter waren. Was meint ihr?«

»Oh, Schwesterherz!« stöhnte Titus auf. »Worauf lässt du dich da ein!«

»Wir uns!«, verbesserte Cornelia ihn. »Ohne euch schaffe ich das nicht.« Ihr Bruder nickte gequält. Er wusste nur zu genau, dass, wenn sich Cornelia einmal etwas in den Kopf gesetzt hatte, sie bis zum Ende nicht mehr lockerlassen würde. Den Fall ohne Erwachsene lösen. Wie stellte sie sich das denn vor? Wo sollten sie ansetzen, um das Geheimnis dieses merkwürdigen Dionysus zu lösen? Wer war dieser arme Mensch gewesen und warum musste er unschuldig sterben? Und vor allem: Wer war die unbekannte Frau? In sie hatte dieser Dionysus sich kopflos verliebt und damit letztlich sein Todesurteil unterschrieben. Und, bei Jovis, was sollte der rätselhafte Hinweis auf den wahren Täter: Gips?

# Die verschwundene Amphore

Auf ihrem Weg zum Haus von Gaius kamen die Kinder am Forum Romanum vorbei, wo es von Menschen nur so wimmelte. Titus schlug vor, sich am kleinen Brunnen in der Nähe des Lapis Niger ein wenig zu erfrischen. Der Lapis Niger oder auch Schwarze Stein bezeichnete jene Stelle auf dem Platz, an der sich das Grab des Romulus befand, einem der zwei sagenhaften Gründer der Stadt.

Eine Zeitlang beobachteten sie das hektische Treiben auf dem lang gestreckten Platz.

»Guckt mal die schmierige Dumpfbacke dort drüben!«, rief Gaius spöttisch. »Der Kerl watschelt in seiner langen Toga wie eine Ente hin und her, die glaubt einem Fuchs zu entkommen. Und was der für arrogante Blicke wirft. Als wäre er ein siegreicher Imperator.«

Seine Freunde lachten lauthals und klatschten sich vor Begeisterung auf die Schenkel.

»Oder seht mal den Uniformierten dort vorne nahe der Basilica Aemilia,« ereiferte sich Gaius erneut. »Der wäre wohl gern Cäsar höchstpersönlich, nicht wahr?«

Erneutes Gekicher war zu hören. Abzulästern über die

unterschiedlichen Typen, die ihnen auf dem Forum begegneten, gehörte mit zum Spaß, den sich die Freunde täglich gönnten. Und Gaius war dabei der Frechste von allen.

Nur Cornelia beteiligte sich heute weniger als sonst an den Lästereien. Nachdenklich betrachtete sie die Amphore, die Gaius auf dem Brunnenrand abgestellt hatte. Den Brief des Todgeweihten hatte sie an sich genommen und zog ihn jetzt wieder hervor. Mehrere Male las sie den Text aufmerksam durch. Ihr Bruder beobachtete sie neugierig.

»Du kannst es einfach nicht lassen, nicht wahr? Ist dir noch etwas aufgefallen?«

Cornelia schüttelte langsam den Kopf. Dann entfernte sie sich einige Schritte vom Brunnen, entfaltete den Papyrus und hielt ihn gegen das Sonnenlicht. Die anderen traten neugierig näher, weil sie sehen wollten, wonach das Mädchen so intensiv forschte. Alle gemeinsam starrten sie wie gebannt auf den Brief, dessen Buchstaben im Licht fast unsichtbar wurden.

»Was suchen wir eigentlich?«, wollte Publius schließlich wissen.

»Ich hatte gehofft, dass der Schreiber irgendwo noch etwas verborgen hat, was uns nützlich sein kann. Aber weit gefehlt«, antwortete Cornelia mit einem Seufzer.

»Hm!«, machte Gaius und zeigte seine Enttäuschung offen. »Ich glaube ja nicht, dass wir viel weiterkommen werden als jetzt. Zugegeben, eine gruselige Vorstellung, diese ganze Geschichte. Aber der Hochmut des Mörders gibt ihm zuletzt Recht. Er bleibt unauffindbar.«

Doch noch bevor Cornelia ihm widersprechen konnte,

schrie Titus plötzlich erschrocken: »He! Bei Jovis! Wo ist unsere Amphore? Wir haben sie doch vorhin am Brunnenrand abgelegt. Aber dort ist sie nicht mehr.«

Alle Augen suchten sofort fieberhaft nach ihrem geheimnisvollen Fund aus dem Tiber. Titus träumte nicht. Die Amphore war verschwunden.

»Ins Wasser gefallen ist sie jedenfalls nicht«, erklärte Gaius aufgeregt, nachdem er am Brunnen nachgeschaut hatte. »Jemand muss sie uns gestohlen haben.«

Hektisch forschten die Kinder, ob sie den Dieb irgendwo in der Menge ausfindig machen konnten.

»Dort drüben!«, schrie Cornelia so laut, dass sich ihre Stimme fast überschlug. »Der Dicke da mit den gestickten Reben am Saum der Toja drüben trägt sie davon. Los! Er macht sich in Richtung des Tempels der Concordia aus dem Staub. Folgen wir ihm. Aber so, dass er es nicht bemerkt.«

»Warum?«, beschwerte sich Gaius. »Die Amphore ist unser. Wir nehmen sie ihm ganz einfach wieder weg.«

«Ha! Kannst du das auch beweisen, dass wir sie zuerst gefunden haben?«, hielt ihm Titus aufgebracht entgegen. »Was ist, wenn der Kerl einen ähnlichen Lärm macht wie der von heute Vormittag?« Gaius starrte ihn fragend an, weil er diese Geschichte noch nicht kannte.

»Wie meinst du das?«

»Ganz einfach! Er kann behaupten unsere Amphore herrenlos am Brunnen gefunden zu haben und jeder wird ihm zustimmen, weil wir uns allzu sorglos von der Amphore entfernt haben.«

Wo steckt der Amphorendieb?

Publius war in heller Aufregung. »Alles Herumgerede bringt uns das Ding nicht wieder! Los, wir müssen ihm nach, sonst entkommt er uns auf Nimmerwiedersehen.«

Endlich kam Bewegung in die vier Freunde. Sie verfolgten den Unbekannten, der ihre Amphore stolz vor sich hertrug wie ein teures Geschenk. Der kleine dicke Mann, dessen Toga am Saum mit gestickten Trauben und Reben verziert war, schien es überhaupt nicht eilig zu haben. Eher gemütlich lenkte er seine Schritte durch das Gewimmel der Straßen, grüßte hin und wieder auf seinem Weg einen Bekannten und spürte nicht einmal den Atem seiner vier hartnäckigen Verfolger im Nacken.

»Der fühlt sich so sicher wie die Brüder Romulus und Remus an den Zitzen der Lupa, der Wölfin, die sie einst säugte«, meinte Titus.

Warum auch nicht, dachte Cornelia. Er war sich ja schließlich keiner Schuld bewusst.

Schließlich schlurfte der Fremde in seinen ausgetretenen Sandalen in eine kleine, verwinkelte Gasse hinein, die auf beiden Seiten so dicht von drei- und vierstöckigen Häusern gesäumt war, dass kaum Licht hineinfiel. In den Hauseingängen, an denen die Kinder vorbeikamen, kauerten Bettler, blind und verstümmelt, die Hände flehend ausgestreckt. Manche von ihnen schrien den Kindern derbe Flüche und Unanständigkeiten hinterher, weil die sie nicht beachteten.

»Nette Gegend«, stieß Publius aus.

Cornelia spürte, dass ihr Freund sich ein wenig fürchtete.

»Meinst du, dass er nicht längst mitbekommen hat, dass wir ihm folgen, und er uns in eine Falle locken will? Ich habe gehört, dass man Kinder verschleppt hat, um sie als Sklaven zu verkaufen.«

»Aber nicht in Rom«, entgegnete Cornelia und ihre Stimme klang sicher. »Die Gallier, gegen die Cäsar im Moment kämpft, sollen so etwas tun. Aber die sind weit weg, Publius.«

Publius schwieg, aber Cornelia merkte, dass er sich unwillkürlich etwas näher an sie drängte. Innerlich musste sie lächeln, weil er sie für mutiger hielt als sich selbst. Dabei war sie nur schneller als er in der Lage, sich mit guten Argumenten zu beruhigen.

»Psst! Bleibt stehen. Ich glaube, wir sind da!«, zischte Gaius. Er hielt abrupt an und drängte die anderen mit ausgestrecktem Arm zurück. Der Fremde war am Ende der Gasse vor einem Haus stehen geblieben und nestelte unter seiner Kleidung einen großen Schlüssel hervor. Seine Verfolger drückten sich in den Schatten eines Eingangs, wo er sie nicht sehen konnte. Aber der Mann schien immer noch arglos zu sein. Jetzt pfiff er sogar fröhlich ein Lied. Soweit sich Cornelia erinnerte, hatte das Lied mit Bacchus, dem Weingott, zu tun. Doch dann hatte der Fremde die Tür geöffnet und verschwand dahinter.

»Was nun?«, fragte Titus verzagt.

»Na, was schon? Ihm nach natürlich«, drängte Gaius forsch. »Was soll schon passieren? Er ahnt ja nicht mal, weshalb wir gekommen sind. Erst mal sehen, wo er hingegangen ist.«

Publius schaute zweifelnd, aber Gaius schlich sich bereits bis zum Haus des Unbekannten und musterte neugierig den Eingangsbereich.

Ein hölzernes Schild über der Tür wies den Mann als Weinhändler aus. Cornelia lachte auf und deutete auf die ins dunkle Holz geschnitzte Weinrebe mit prallen Trauben.

»Das hätten wir uns ja beim Anblick seiner verzierten Toga denken können. Und wozu er die Amphore braucht, ist nun auch klar.«

»Aber deshalb darf sie uns doch nicht einfach weg ...«, protestierte Titus und verstummte jäh. Die schwere Holztüre wurde von innen aufgezogen und der Weinhändler stand vor ihnen. Noch immer pfeifend, betrachtete er erstaunt die Kinder vor sich. Seine Augen leuchteten freundlich und sein rosiges Gesicht wurde noch runder, als sich sein Mund zu einem breiten Lächeln öffnete.

»Bei Bacchus, dem munteren Gott des Weines! Was treibt ihr vier denn vor meinem Geschäft? Haben euch etwa die Eltern zum Weinholen geschickt?«

»Eigentlich nicht«, stammelte Publius verdutzt, aber Cornelia stupste ihn in die Seite und widersprach sogleich heftig. Sie witterte eine Chance, problemlos ins Geschäft des Weinhändlers zu gelangen.

»Im Prinzip schon, wollte er sagen, aber er war zu überrascht, dich hier in der Tür stehen zu sehen,« erklärte das Mädchen. »Dürfen wir eintreten, um zu erfahren, mit welchen vorzüglichen Weinen du handelst?«

»Vorzüglich ist sicherlich das richtige Wort«, antwortete der Weinhändler und stellte sich den Kindern als Claudius Josephus Priscus vor, den besten Kenner und Händler ausgewählter Weine. Dabei strahlte er wieder übers ganze Gesicht wie ein beschenktes Kind. »Aber weshalb schicken eure Eltern nicht einen Sklaven vorbei? Ich werde doch meinen großartigen Wein nicht an euch abgeben. Ihr seid noch viel zu jung für diesen Genuss.«

»Ja, äh, also wir wollten eigentlich ...«, versuchte jetzt Titus zu erklären, aber erneut rettete seine Schwester die Situation. Selbstbewusst sagte sie: »Ich denke schon, dass wir bei dir richtig sind, Claudius Josephus. Nicht unsere Eltern schicken uns, sondern unser Lehrer hat uns aufgetragen sich bei einem klugen Mann zu erkundigen, woher der Wein kommt, den man in Rom kaufen kann, wie er transportiert und gelagert wird, welche Reben es gibt ... äh, alles, was so zum Weinhandel gehört. Und weil ich weiß, dass meine Eltern mit unserem derzeitigen Weinhändler höchst unzufrieden sind ...«

»Vermutlich, weil er zuviel pantscht«, meinte Claudius Josephus verächtlich.

»Ja, so wird es sein«, gab Cornelia zurück, obwohl sie keine Ahnung hatte, wovon der Mann überhaupt sprach. Aber ihre Strategie ging voll auf. Der Weinhändler, entzückt über den unerwarteten Besuch, bat die vier Kinder mit vielen Worten zu sich ins Geschäft und versprach alle ihre Fragen zufriedenstellend zu beantworten.

Keiner der vier hatte jemals ein Weingeschäft von innen gesehen und so waren sie überrascht, weil der Weinkeller von Claudius eher einer Höhle glich als einem Laden, wie sie ihn kannten. Ganz hinten an der Wand stand eine seltsam geformte Liege und Cornelia vermutete, dass Claudius zwischen den zahllosen Fässern und Amphoren in dem halbdunklen, hochgewölbten Raum tagsüber arbeitete und nachts schlief. Der Weinhändler selbst machte einen eher gemütlichen Eindruck. Die entwendete Amphore hatte er offenbar zu anderen in eine Ecke gelegt. Gaius begann sogleich den Raum unauffällig mit den Augen zu durchsuchen.

Claudius Josephus bat die Kinder sich auf einigen der umgelegten Fässer niederzulassen, damit er ihnen in Ruhe alles zum Thema Wein mitteilen konnte. Gaius zwinkerte Titus verschwörerisch zu und suchte sich einen Platz. Der leutselige Weinhändler bemerkte überhaupt nicht, dass die Kinder im Grunde wegen einer ganz anderen Sache zu ihm gekommen waren.

»Gefällt mir sehr, dass ihr für die Schule etwas über Wein erfahren wollt. Gefällt mir sogar ausgesprochen, müsst ihr wissen. Ich liebe nämlich meinen Beruf über alles und wer

weiß, ob nicht einer von euch später auch mal Weinhändler werden will. Haha, nicht wahr?«

Die Kinder lächelten ihn höflich an, nickten zustimmend und Claudius nahm das als Zeichen fortzufahren.

»Also, wo fang ich am besten an? Wein ist neben Wasser das beliebteste Getränk in Rom. Eure Eltern trinken es bevorzugt zum Abendessen. Alle Römer lieben Wein, ob arm oder reich. Davon lebe ich. Selbst die Sklaven erhalten eine bestimmte Ration Wein. Ich habe mal geschätzt, dass jeder Mann in Rom täglich fast eine große Karaffe voll Wein trinkt. Nicht umsonst heißt es: *In vino veritas* – im Wein liegt Wahrheit.«

»Darum sieht man auch häufig diese schwankenden Gestalten, die sich kaum noch auf den Beinen halten können«, bemerkte Titus kichernd.

»Leider wahr, mein Junge«, bestätigte der Weinhändler und nickte. »Sie haben dann kräftig einen über den Durst getrunken, was ihren Mägen übel bekommt.« Er kicherte ebenfalls und bei ihm klang es, als würde ein Pferd wiehern. Publius, der den Mann mittlerweile als harmlos einstufte und wenig Lust verspürte, dessen weitschweifigen Ausführungen zu folgen, begann sich im Geschäft des Weinhändlers näher umzusehen. Da gab es Kellen und Siebe zum Schöpfen des Weines und Herausfiltern von Kräutern und Gärungsrückständen, wie Claudius sofort erklärte. Auf einem großen Fass stieß Titus auf die Aufschrift *Vinum album* – Weißwein und auf dem anderen *Vinum sanguineum* – Rotwein.

»Und wie gelangen all diese herrlichen Weine zu dir?«, fragte Cornelia betont interessiert.

»Auf dem Landweg und mit Schiffen«, antwortete Claudius stolz. »Kommt er übers Meer zu mir, so ist der Wein zuvor in große Amphoren gefüllt worden, wie ihr sie da drüben seht«, erklärte er so freudestrahlend, als würde er von Cäsar dafür ausgezeichnet. »Damit die Öffnung der Amphore gut und luftdicht verschlossen ist, streicht man sie mit Pech oder Gips zu, so dass nichts mehr hinausdringen kann. Aber auch die Luft, die den Wein zersetzt, kann nicht mehr in die Amphore hinein. Bei mir fülle ich den Wein dann in große Fässer um, wie ihr sie in meinem Keller hier seht. Einige Weine, die auf dem Landweg zu mir kommen, werden auch gleich in Fässern zu mir gebracht. Und dann verkaufe ich ihn an alle, die ihn haben wollen, gute wie weniger gute Weine, was sich selbstverständlich im Preis zeigt. Im Winter wird Calda, also Glühwein, bevorzugt, besonders von den Legionären. Im Sommer wird Weißwein auch mal mit Eis oder Schnee aus den Bergen gekühlt, was ich aber weniger mag. Macht zu Hause mal ruhig etwas Werbung für meinen Laden. Er liegt etwas abseits, das muss ich zugeben, aber jeder Weg zu mir lohnt sich. Eure Eltern kaufen vermutlich bei dem dürren Aulus Plautus ein, der gerne pantscht, wie man hört. Wisst ihr, ein Weinhändler, der so dünn ist wie Plautus, kann nichts taugen. Meine Weine sind erheblich besser als seine. Also, sagt euren Eltern, sie sollen eure Sklaven getrost zu mir schicken, dass ich ihnen Kostproben mitgeben kann.«

Claudius war in seiner Begeisterung für sein Geschäft kaum zu bremsen und so führte er die Freunde schließlich noch kreuz und quer durch das Gewölbe. Erst als Cornelia ihn darauf hinwies, dass ihre Eltern sich vermutlich schon Sorgen machten, wo sie steckten, war er bereit, sie gehen zu lassen – nicht ohne ihnen abermals die Qualität seiner Weine ans Herz zu legen: »Ich denke, jetzt könnt ihr eurem Lehrer einiges vom Weinhandel erzählen. Bacchus stehe euch bei! Und sobald ihr älter geworden seid, kommt herbei und kostet von meinen Schätzen, Kinder!«

»Puh, mir wären beinahe vom Zuhören die Ohren abgefallen«, stöhnte Cornelia, als sie schließlich durch die enge Gasse zurückliefen, »aber eigentlich ist das ein total netter Mensch.«

»Ist er, und deshalb tut es mir auch beinahe Leid, dass ich ihm dies gute Stück heimlich wieder habe wegnehmen müssen«, grinste Publius. Dabei zog er die Amphore unter seiner Tunika hervor. Die anderen starrten das Gefäß überrascht an.

»Hätten wir ihn etwa darum bitten sollen?«, murrte Publius unwillig.

Seine Freunde zuckten bloß stumm mit den Achseln. »Vermutlich hätte er sie nicht rausgerückt, denn habt ihr nicht mitbekommen, wie verrückt dieser Mann nach allem ist, was mit Wein zu tun hat?«, sagte Cornelia schließlich.

»Seine Liege glich eher einem Fass«, ergänzte Titus.

»Aber, bei Jovis, das Schärfste habt ihr alle übersehen«, meinte Gaius und grinste breit. Die anderen starrten ihn erwartungsvoll an.

»Beim Rundgang durch das Gewölbe ist mir auch seine Toilette aufgefallen.«

»Ja und?«, fragten Titus und Cornelia wie aus einem Munde.

Gaius griff sich mit einer theatralischen Geste an den Kopf und rief wie ein Schauspieler aus: »Man fasst es nicht! Es ist eine große Amphore, in die er hineinmacht. Eine Amphore! Habt ihr so etwas schon mal erlebt?«

»Beim dicken Piraten Feistos, ist das mal wieder einer deiner üblichen Scherze, oder was?«

Aber Gaius blieb hartnäckig bei seiner Behauptung.

»Nein, ganz und gar nicht. Geht nur zurück und schaut es euch an. Dieser Claudius ist komplett verrückt, denke ich. Die ganze Welt besteht für ihn nur aus seinem Weinhandel und allem, was dazugehört. Daher auch eine Amphore für die großen und kleinen Geschäfte des Lebens.«

Cornelia schüttelte sich, als sie darüber nachdachte. Wie unglaublich manche Menschen doch waren. Aber dann fiel ihr ihr Vater ein. Für ihn, den erfolgreichen Imker, gab es kaum etwas Schöneres als seine Bienen. Allerdings schlief er dennoch nachts nicht in einer Wabe und auch im Haus war nicht viel davon zu spüren, welchen Beruf er ausübte. Konnte das mit der Toilette des Weinhändlers wirklich stimmen? Gerade Gaius war für seine derben Streiche und abgefahrenen Geschichten berüchtigt. Aber irgendwie traute sie es Claudius, dieser weinseligen Plaudertasche auch wiederum zu. Wer hätte das gedacht? Eine Amphore als Abort. Der letzte Schrei im Rom des großen Cäsar!

»Und was machen wir jetzt?«, fragte Titus und gähnte demonstrativ. Die Kinder waren mittlerweile zum Haus von Gaius geschlendert, wo sie seit längerem tatenlos im Zimmer des Freundes beieinander saßen. Cornelia und Titus hatten es sich auf dem Bett bequem gemacht oder besser gesagt auf einem Strohsack, der mit einem leicht zerschlissenen Leintuch überzogen war. Titus spielte gedankenverloren mit der groben Wolldecke, die am Fußende des Bettes lag, Cornelia lehnte ihren Kopf gegen ein Rollkissen, das prall mit Wolle gefüllt war. Die beiden anderen kauerten auf zwei Hockern, die neben einem schmalen Tisch mit einer Öllampe darauf standen. Fliegen summten in der Luft und es war alles so aufregend wie der Griechischunterricht in der Literaturschule beim Lehrer Ajax.

»Das wissen die Götter allein!«, beantwortete Gaius die Frage, die Titus wohl für alle gestellt hatte. »Wenn nicht bald was passiert, werden wir hier noch alle zum Fraß für die herumsummenden Viecher.«

Seine Freunde nickten wie zur Bestätigung. Wie sollten sie mit dem Fall bloß weiterkommen? Irgendwie hatten sie den Faden noch nicht richtig aufnehmen können.

Cornelia räusperte sich vernehmlich.

»Also, ich fasse noch einmal zusammen. Was haben wir? Wir haben einen Brief, den ein gewisser Dionysus kurz vor seinem gewaltsamen Tod geschrieben hat. Wann das gewesen ist, keine Ahnung. Ob vor einem Jahr oder vor zehn Jahren. Nicht bekannt. Dieser Dionysus bezeichnet sich selbst als Centurio in Cäsars Legion Quadrat. Diese Legion gibt es jedoch nicht, hat niemals existiert, aber es gibt Cäsars Quadrat als eine Methode, um Botschaften zu verschlüsseln, sie also geheim zu halten. Man liest einen Text und nur der Eingeweihte versteht seinen wahren Inhalt.« Cornelia war bei ihrem letzten Satz aufgesprungen und lief nun im Zimmer hin und her. »Wir haben«, fuhr sie fort, »im Gegensatz zu Dionysus' Mörder den wahren Inhalt des Briefes herausgefunden. Darin sagt der arme Kerl, dass es um die Ermordung eines Senators geht, dessen gewaltsamen Tod man ihm anhängen will. Aber diese Tat will er nicht begangen haben.«

Cornelia hielt einen Augenblick inne, um Luft zu holen.

Die Jungen hatten sie die ganze Zeit über gebannt angestarrt, während sie selbstbewusst wie ein Lehrer für Philosophie durchs Zimmer stolzierte und ihr Wissen vor ihnen ausbreitete.

Endlich löste sich Gaius aus seiner Starre und stellte sarkastisch fest: »Aha, Cornelia, und der Name des Mörders ist Gips. Wir müssen also nur in Rom herumfragen, wer so bescheuert heißt. Korrigiere mich, wenn ich falsch liege?«

Cornelia fuhr herum, als hätte sie jemand ins Hinterteil gekniffen und blickte Gaius durchdringend an. Dann streckte sie ihm einen spitzen Finger entgegen und rief laut: »Falsch! Dieser Dionysus war kein Dummkopf. Angenommen sein Mörder hätte ebenfalls das entschlüsseln können, was wir wissen, so hätte sein Opfer den wahren Kern seiner Botschaft an die Nachwelt immer noch gewahrt gewusst. Dem Ärmsten kam es angesichts seines drohenden Todes vor allem darauf an, dass sein Brief ihn überlebte. Gips hätte seinem Mörder wenig gesagt. Gips verrät nämlich nichts, was mit der Tat zu tun hat. Dionysus wollte jedoch um jeden Preis seiner Nachwelt übermitteln, wer sein Mörder ist. Und er ist dabei äußerst geschickt vorgegangen. Und er hat sich darauf verlassen, dass irgendwer seine Rätsel versteht.« Cornelia hatte sich ganz in Rage geredet und atmete heftig ein und aus.

»Was du alles zu wissen meinst!«, entfuhr es Publius. »Oder berauscht dich gerade Merkur, der Gott der Diebe, aber auch der flinken Fantasie?«

Cornelia verdrehte genervt die Augen. »Entweder ihr nehmt die Sache hier ernst oder ihr geht Verstecken spielen, was ihr ja neben Mädchenärgern am liebsten macht.«

»He, Schwesterlein, sei nicht gleich so eingeschnappt, bloß weil wir deinem flinken Geiste nicht so schnell folgen können«, meldete sich Titus zu Wort. »Aber du musst zugeben, dass der Hinweis dieses Dionysus, wer ihn abgemurkst hat, wenig hilfreich ist. Gips. Gips. Wo gibt's denn Gips?«

Cornelia riss auf einmal die Augen weit auf, als sähe sie einen Geist.

»Ja, wo gibt's denn Gips? Ja, wo gibt's denn Gips?«, rief sie aufgeregt.

Für die Jungen klang es, als sei sie jetzt endgültig übergeschnappt.

»Soll meine Mutter dir einen Tee zur Beruhigung machen?«, fragte Gaius besorgt.

Doch Cornelia winkte unwillig ab. »Nein danke! Mir geht es gut, aber denkt doch mal nach, wo es Gips gibt und wozu er verwendet wird. Bei Jovis, was sind wir doch für blinde Schlammfische, dass wir nicht viel früher darauf gekommen sind.«

»Kannst du uns Unwissenden vielleicht einen winzigen Tipp geben, oh, du Übergescheite?«, flehte Gaius mit übertriebener Stimme.

»Klar, kann ich, ich sage nur Claudius.«

»Claudius? Der dicke Weinhändler?«, riefen alle wie aus einem Munde. Cornelia nickte lässig und schien auf eine Antwort zu warten.

*Was ist Cornelia bei den Erklärungen des Weinhändlers aufgefallen, das ihnen bei der Lösung des Falles weiterhelfen kann?*

# IV

# Ein höchst seltsames Puzzle

Während die Jungen noch ihre Stirn in Falten legten und heftig grübelten, drängte Cornelia zum Aufbruch, denn es gab etwas Wichtiges sicherzustellen, das sie achtlos beiseite geworfen hatten.

»Wir müssen sofort los!«

»Wohin denn jetzt noch um diese Stunde? Es dunkelt schon bald«, beschwerte sich Publius.

»Zum Tiber und zwar so schnell wie möglich. Andernfalls könnte es weg sein«, drängte das Mädchen und eilte zur Tür.

»Ja, was denn nur, Schwester?«

»Darüber könnt ihr euch genauso gut unterwegs noch den Kopf zerbrechen!«

»Bei Cäsar, macht die es heute wieder spannend«, brummte Gaius, aber dann trieb sie doch die Neugier aus dem Haus und zurück an den träge dahinfließenden Fluss, dessen schlammige Ufer nach Einbruch der Dunkelheit den fettesten Wasserratten des Römischen Reiches und allerlei lichtscheuem Gesindel gehörten

Erst als sie sich schließlich dem Tiber auf Sichtweite

genähert hatten, dämmerte es Titus plötzlich, weshalb Cornelia unbedingt noch einmal hierher wollte. Na klar! Der Weinhändler hatte davon gesprochen, auf welche Weise die Amphoren verschlossen wurden, nämlich mit Gips. Aber konnte der Verschluss, den sie aufgebrochen und achtlos weggeworfen hatten, wirklich die Lösung des Rätsels sein, das Dionysus seiner Nachwelt aufgegeben hatte?

Schließlich hatten sie die Stelle erreicht, an der sie die Amphore aufgemacht hatten. Noch reichte das allmählich schwindende Tageslicht aus, um nach den Teilen des Verschlusses auf dem Boden zu suchen. Es dauerte nicht lang, bis sie sechs Einzelteile beieinander hatten. Vorsichtig entfernte Cornelia etwas Dreck, der an einigen Stellen haftete. Dann versuchten sie gemeinsam die Teile zusammenzufügen.

*Wie passen die Teile zusammen und was ist auf dem Amphorenverschluss zu sehen?*

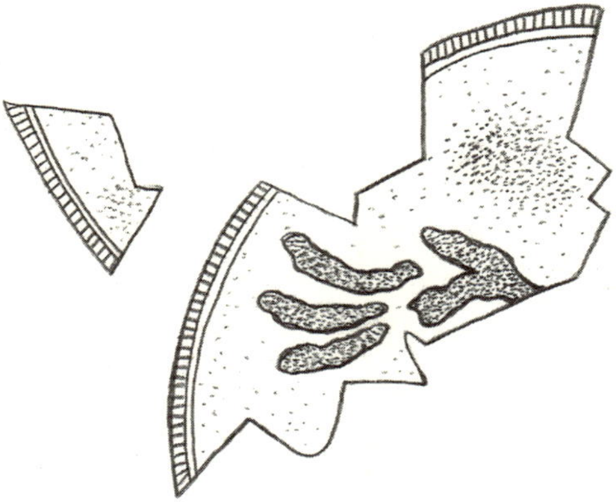

»Das ist ja wie ein Spiel, bei dem man eine Figur legen muss!«, rief Publius erstaunt. »Gar nicht so leicht.«

»Lass mich mal machen«, knurrte Gaius. »Gleich habe ich es gelöst. Bei Jovis!«

Es dauerte aber eine ganze Zeitlang, bis sie in dem schwachen Licht die Einzelteile endlich richtig zusammengefügt hatten. Und danach schienen sie zunächst nicht viel schlauer zu sein als vorher. Auf dem Deckel war eine Zeichnung zu sehen. Aber was stellte sie dar?

»Einen Großvater auf der Mauer«, spottete Gaius.

»Nee, viel besser, unseren Rechenlehrer beim Schwimmen im Tiber«, grinste Publius.

Titus beäugte die Strichzeichnung von allen Seiten.

»Das Blöde an dieser Zeichnung ist, dass man nicht recht weiß, von welcher Seite aus man sie betrachten soll. Mal Opa, mal gequetschte Wurst, aber ich denke, so hat Dionysus es uns zeigen wollen, oder?«

Er drehte den Verschluss so, dass die anderen drei genauso wie er selbst ein bestimmtes Bild darin erkennen konnten. Cornelia nickte nachdenklich. »Das glaube ich auch, Titus! So sollen wir sein in den Gips geritztes Bild verstehen. Es zeigt einen schlangenförmigen Drachen, aus dessen Maul es qualmt oder der Feuer spuckt, nicht wahr?«

Gaius starrte auf die Zeichnung. Dann verengten sich seine Augen zu Schlitzen. »Sag mal, du neunmalkluge Sphinx, kann es nicht sein, dass dieser Dionysus uns kräftig verulken will? Denn wenn deine Deutung dieser Kritzeleien richtig ist, dann wissen wir immer noch nicht, wie der Mörder heißt. Oder sollen wir nach einem echten Drachen in Rom suchen?«

»Gaius argumentiert nicht blöde, Cornelia«, fiel Publius mit ein. »Das musst du zugeben: Was wir hier in Händen haben, ist höchst albern. Wenn wir damit zu den Ädilen gehen und ihnen von einem Mord erzählen, dann lachen die uns kräftig aus und einen Tag später lacht die ganze Stadt am Tiber.«

Cornelia schwieg eine Weile und starrte angestrengt auf die merkwürdige Zeichnung. Die Jungen warteten gespannt, wie sie Gaius' Argumente widerlegen wollte. Da müsste ihr schon was mächtig Gutes einfallen. Aber Cornelia verzog die Lippen zu einem wissenden Lächeln.

»Im Prinzip muss ich euch Recht geben, aber ihr dürft nicht vergessen, dass dieser Dionysus nicht uns, sondern seinen Mörder reinlegen wollte. Konnte ja gut sein, dass dieser auch den Verschluss der Amphore kontrollierte. Und was sah er da? Ein Feuer spuckendes Ungeheuer. Das sagte ihm ebenfalls nichts, also hielt er es für harmlos. Aber es war eine Botschaft an alle, die sie verstehen konnten. Da bin ich mir ganz sicher. Und wenn wir deinen Verdacht widerlegen wollen, Gaius, dass uns hier jemand gewaltig hinters Licht führen will, so müssen wir uns jetzt um so mehr ranhalten und alle Informationen sammeln, die wir kriegen können. Wir stehen noch ganz am Anfang: Um welchen Senator, der ermordet wurde, geht es überhaupt?«

Sie stockte und schaute Publius an, bevor sie fortfuhr: »Aber da fällt mir ein, es gibt einen, der uns sicherlich weiterhelfen kann, nicht wahr?«

»Natürlich mein Vater!«, erklärte Publius stolz, der Sohn des Senators Quintus Fabius Publius. »Aber den können wir erst morgen sprechen. Heute ist es dafür längst zu spät.«

»Kein Problem,« meinte Cornelia. »Es ist ohnehin höchste Zeit, nach Hause zu gehen, aber morgen nach der Schule treffen wir uns wieder an der bekannten Stelle. Einverstanden?«

Alle nickten.

»Beim Grab des Romulus, wie gehabt«, stellte Gaius nüchtern fest. »Bin gespannt, was uns der morgige Tag alles bescheren wird. Dieser heute war aufregend genug.«

# V

# Offenbar geht es um Mord

Livia? Livia? Wo steckt denn bloß wieder Livia? Immer, wenn ich sie brauche, hat sie der Hades verschluckt. Ah, dort hinten ins Gartenzimmer hat sie sich wieder einmal verzogen«, drang die aufgeregte Stimme ihrer Mutter an Cornelias Ohren.

Schlagartig war die Nachtruhe für das Mädchen beendet. Cornelia reckte sich, gähnte und verließ ein wenig zögerlich ihre gemütliche Liege. Sie hatte so einen überaus spannenden Traum gehabt, den ihr der Gott des Schlafes, Hypnos, geschickt hatte, und der jetzt mehr und mehr verblasste. Der Tag selbst sah anders aus. Wenn ihre Mutter bereits nach der Magd rief, dann war es höchste Zeit, die Decke beiseite zu schlagen und aufzustehen.

Livia sollte ihrer Herrin, der Domina, vermutlich in der Küche helfen das erste Essen vorzubereiten. Das konnte der Mutter am Morgen nie schnell genug gehen, weil jeder danach drängte, sein Tagwerk zu beginnen: der Vater seine wichtigen Geschäfte mit verschiedenen Kunden, die Kinder den Schulunterricht und die Sklaven die Arbeiten, die in Haus und Hof anfielen.

Aber die Magd Livia war von ihrer Art her recht behäbig. Eile blieb für sie ein Fremdwort, was Cornelias Mutter mitunter fast zur Verzweiflung trieb. Allerdings war Livia auch jemand, die über alles und jeden Bescheid wusste. Wollte man wissen, wie viel Geld die Nachbarn besaßen, so musste man nur sie fragen. Und wollte man erfahren, wer demnächst vor dem finanziellen Ruin stand, dann war Livia ebenfalls die richtige Adresse. Livia hatte Augen und Ohren für alles und jeden, nur nicht für ihre Arbeit.

»Livia, ich erwarte dich auf der Stelle im Atrium!«, hörte Cornelia ihre Mutter. Ihre Stimme verhieß nichts Gutes und die Magd sollte jetzt schleunigst erscheinen, wollte sie nicht gewaltigen Ärger bekommen.

Cornelia setzte sich auf einen kleinen Ankleidehocker und versuchte ihr von der Nacht zerwühltes Haar zu ordnen. Wenig später stand sie auf, schlenderte zum Fenster und blickte eher gelangweilt nach unten. Von hier oben – ihr Zimmer lag im ersten Stock – hatte sie einen schönen Ausblick auf fast den gesamten Innenhof.

Das prächtige Haus in der Nähe des Circus Maximus, in dem sie jetzt seit knapp zwei Jahren wohnten, hatte ihr Vater gekauft, ohne jemandem vorher davon erzählt zu haben. Seine Familie war überrascht gewesen, als er ihr mitteilte, sie würden schon bald in eine der besten Wohngegenden Roms umziehen. Dieses Haus war im Vergleich zu ihrem alten Stadthaus luxuriös und eigentlich viel zu groß für die Familie. Die noble Villa hatte ihr Vorbesitzer in der Nähe des Palatin gebaut, wo sich die reichsten Familien der Stadt im Laufe der Zeit niedergelassen hatten. Der Palatin war einer der sieben Hügel Roms und lag nahe dem Forum Romanum. Ihr Haus war sicherlich eines der schönsten in ganz Rom und besaß ein wunderbar gestaltetes Peristyl, also einen offenen Hof mit marmornen Säulenhallen ringsum. Hier konnte man sich geschützt im Freien aufhalten und hatte einen herrlichen Blick auf den Garten in der Mitte.

Der gesamte Innenhof selbst war ein prächtiger Ziergarten mit Büschen und Bäumen, Säulen und Plastiken, mit Brunnen und kleinen Bänken, auf denen sich Cornelia gerne niederließ, um sich spannende Verbrechen auszudenken oder sich einfach nur auszuruhen. Dieser Ziergarten war das Reich ihrer Mutter, die ihn hegte und pflegte und ihn um das eine oder andere Figürchen aus der Götterwelt oder um neue Pflanzen bereicherte.

Die Räume um das Peristyl im unteren Bereich dienten als Empfangsraum, als Küche, als Vorratskammer, als weitere Schlafräume oder Gästeräume und nicht zuletzt als standesgemäßes Büro für Cornelias Vater.

Da dieses prachtvolle Haus eine zusätzliche erste Etage besaß, waren hier das Elternschlafzimmer, je ein Zimmer für Cornelia und ihren Bruder, die Bibliothek und zwei weitere Räume, die als Abstellkammern herhalten mussten, untergebracht.

Ihr Vater hatte dieses Haus weit unter seinem Preis erworben, wurde in der Stadt gemunkelt, denn es war angeblich von einem düsteren Geheimnis umgeben. Worum es dabei ging, wurde innerhalb der Familie nicht besprochen. Trotz ihrer angeborenen Neugier hatte auch Cornelia bislang nicht in Erfahrung bringen können, was es damit auf sich hatte. Ihre Mutter wusste es nicht und die Sklaven und Diener blieben stumm wie Fische, wenn man sie darüber aushorchen wollte.

Ihr Vater Marcus Titus Statilius war von Beruf Imker. Die Imkerei zählte bei den Römern mit zu den angesehensten Berufen. Bienenhaltung genoss höchstes Ansehen, selbst Dichter befassten sich damit in ihren Werken. Marcus Titus Statilius ließ auch Körbe herstellen, die kleine Sichtfenster besaßen, um die Bienen in ihrem Stock besser beobachten zu können. Cornelias Vater besaß drei Bienensklaven, die das große Melarium oder Bienenhaus, den ganzen Tag über betreuten.

Die Geschäfte liefen so gut, dass es Marcus Titus innerhalb von nur wenigen Jahren zu einem der reichsten Imker in Rom und Umgebung gebracht hatte. Sein Honig wurde nicht nur zum Süßen von Speisen genommen, sondern sogar auch medizinisch genutzt, nämlich zur Behandlung von Fieber und Wunden. Der Lieblingssatz ihres Vaters, den Cornelia mindestens einmal am Tag zu hören bekam, lautete: »Iss Honig, mein Kind, und dein Verstand arbeitet doppelt so schnell.«

Cornelia lachte, als sie beim Kämmen daran dachte, denn dieser Spruch würde sie wohl ihr Leben lang verfolgen. Für ihren Vater gab es nun mal nichts Schöneres auf der Welt als Bienen und Honig. Dass er zudem stolz darauf war, wie weit er es mit seinem Beruf gebracht hatte, zeigte sich an dem prächtigen Haus, das sie bewohnten. Es war schon ziemlich protzig, fand das Mädchen.

Trotzdem stand es ihr nicht zu, die Entscheidung ihres Vaters zu kritisieren, dieses Haus auch gekauft zu haben, um damit aller Welt zu zeigen, wie erfolgreich er als Imker war.

Wie schon so oft nahm sich Cornelia auch an diesem Morgen vor, eines Tages das Geheimnis der Villa zu ergründen. Wie hätte sie ahnen sollen, dass sie gerade auf dem besten Wege dazu war?

Der Schulunterricht fand nicht jeden Tag an derselben Stelle statt, sondern mal in einem Laden, der zur Straße hin offen war, mal mitten auf einem der vielen Plätze, mal in einer Säulenhalle. Die Wahl des Ortes bestimmte der Lehrer, je nachdem, was er am Tag für seine Schüler an Unterrichtsstoff plante. Heute war die Wahl des Marcus Antonius auf einen Laden gefallen, der nach vorn zur Straße hin offen war. Zwischen zehn und zwölf Jungen und Mädchen wurden jeweils gemeinsam unterrichtet. Cornelia seufzte jedes Mal, wenn sie daran dachte, was ihr nächstes Jahr blühen würde. Während die Jungen weitere zwei Jahre zur Schule gehen durften, bis sie vierzehn waren, hörte der Unterricht für Mädchen mit zwölf Jahren auf. Das bedeutete, dass ihr Bruder Titus im nächsten Jahr so spannende Sachen wie Astronomie, Geografie oder Mythologie lernen konnte, während sie von ihrer Mutter auf die häuslichen Pflichten und die Ehe vorbereitet werden würde.

»Bildung«, so erklärte ihr Vater immer wieder, »ist was für Jungen. Mädchen werden schließlich bald geheiratet. Für ihr künftiges Leben als Domina, als Herrin im Haus, brauchen sie anderes Wissen, nämlich das, was im Haus und in der Küche geschieht, und nicht, wo Afrika liegt oder wer Hannibal gewesen ist.«

Wie gerne wäre Cornelia an Titus' Stelle gewesen! Aber so waren die Dinge nun mal in Rom und sie würden sich vermutlich auch niemals ändern. Ihre Mutter kannte den sehnlichsten Wunsch ihrer Tochter. »Sei froh, dass du nicht fünfzig oder hundert Jahre früher geboren wurdest, Cornelia«, hatte sie ihr eines Tages gesagt. »Damals durften Mädchen noch nicht einmal Lesen, Schreiben und Rechnen lernen.«

Aber das hatte Cornelia nur als schwachen Trost empfunden. Wie gut, dass sie ihre kniffeligen Fälle hatte, wie den um diesen Dionysus. Dabei konnte sie ihre wahre Begabung am besten ausspielen. Obgleich sie zugeben musste, dass dieser Fall der erste war, den sie sich nicht ausgedacht hatte.

Am Nachmittag trafen sie sich alle am Grab des Romulus wieder. Die vier Kinder nickten sich schweigend wie Verschwörer zu. Also machen wir heute in der bekannten Sache weiter, sollte das bedeuten.

»Mein Vater ist noch in den Thermen, wo er mit wichtigen Leuten eine Unterredung hat«, erklärte Publius mit nicht wenig Stolz in der Stimme. »Aber er hat mir versprochen auf dem Rückweg hier vorbeizuschauen.«

Cornelia musste an ihren Vater denken, der seine lukrativsten Geschäfte ebenfalls am liebsten in einem der zahlreichen öffentlichen Bäder Roms abschloss. Während er seinen Körper pflegte, verhandelte er mit Geschäftspartnern, unterhielt sich mit Kollegen oder lauschte einem Dichter, der an diesem Ort seine neuesten Verse zum Besten gab.

»Ich habe noch einmal über alles nachgedacht«, begann Gaius und kratzte sich dabei nervös am Kopf. »Nach wie vor halte ich diesen Dionysus für ein ausgekochtes Schlitzohr. Und ich sage euch ganz offen, er erlaubt sich einen üblen Spaß mit uns.«

»Ich denke, Gaius«, hielt ihm Titus entgegen, «wir haben nur eine einzige Chance, das herauszubekommen.«

»Und die wäre?«, kam es von Gaius spöttisch zurück.

»Mag sein, dass du so pessimistisch bist, weil sich keine Schatzkarte irgendeines Piraten in der Amphore befand, sondern nur ein nerviges Rätsel«, antwortete Titus. »Aber nichtsdestotrotz kann uns nur der Vater von Publius über den wichtigsten Punkt aufklären: Welcher Senator wurde ermordet? Vielleicht sogar: Wer war dieser Dionysus überhaupt? Wie waren die näheren Umstände dieses Mordfalls?«

Cornelia nickte eifrig. »Genau!«, stellte sie fest. »Nur so kann es weitergehen!«

»Schön, schön, ihr Schlauberger«, fuhr Gaius fort. »Und was ist, wenn sein Vater niemals was von einem Mord an einem Senator gehört hat und auch nicht, dass man diesen einem gewissen Dionysus in die Sandalen schieben wollte?«

»Dann bin ich die Erste, die den Brief zurück in den Tiber wirft«, erklärte Cornelia ernst.

»Hm!«, machte Gaius. »Das will ich sehen!«

»He, dort drüben kommt er«, rief Publius auf einmal aus.

»Dort in der Menge ist mein Vater. Man erkennt ihn an dem breiten roten Streifen an seiner Toga.«

Tatsächlich. Zwischen einem Liktor mit seinem Rutenbündel und einem schwer bewaffneten Legionär entdeckten jetzt auch die anderen drei den Vater von Publius. Mit dem watschelnden Gang einer Ente, so empfand es Titus, kam der Senator Quintus Fabius Publius auf sie zu. Er war ein kleiner, etwas rundlicher Mann mit einer Halbglatze. Der Eindruck täuscht, dachte Cornelia, als sie ihn von nahem sah. Er wirkt nur auf den ersten Blick so gemütlich wie der Weinhändler Claudius. Aber schaute man in seine Augen, dann blickten diese so listig wie die eines Fuchses. Hart und unnachgiebig zeigte sich der Vater von Publius vor allem im Senat, wenn es um Dinge ging, die ihm gegen den Strich gingen. Dass er bei den meisten beliebt war, machte ihn auch ein wenig eingebildet, wie die Kinder rasch feststellen mussten.

»Salvete, ihr Kinder und Freunde meines Sohnes«, begrüßte er sie ohne Umschweife. »Dass ihr euch am Lapis Niger trefft, finde ich großartig, denn hier ruht nun mal der größte Sohn dieser Stadt. Aber lassen wir das. So wenig Zeit ich auch für euch habe, so muss ich euch unbedingt noch erzählen, was ich eben zu Senator Brutus gesagt habe. Als er mich fragte, warum es von mir noch kein einziges Standbild in Rom gäbe, wo es doch hier nur so wimmele von Standbildern für unbedeutende Leute, da habe ich ihm geantwortet: Besser man vermisst mein Standbild, als dass man mich fragt, warum es da ist. Nicht wahr? Ha! Ha!«

Er lachte übertrieben laut und die Kinder guckten ihn entgeistert an. Hoffentlich geht das nicht in diesem Stil weiter, durchfuhr es Cornelia. Der Vater von Publius hielt wirklich zu große Stücke auf sich selbst. Dabei war er sicherlich jemand, der auch viel Gutes leistete.

»Also, ich betonte es ja schon, dass meine Zeit drängt, und Publius hat mir bereits berichtet, worum es geht. Um es kurz zu machen, weil ich längst wieder auf dem Weg zu Brutus sein müsste«, er machte eine kunstvolle Pause, als wolle er sich vor einer großen Rede vor dem Senat sammeln. Dann fuhr er fort: »Der gemeine und hinterhältige Mord an Senator Claudius Severus Rufus geschah vor etwa fünf Jahren. Der alte Senator mit den großen Ohren, die an Hannibals Elefanten erinnerten, war im Volk sehr beliebt gewesen. So waren damals alle erschüttert, als sie von seinem gewaltsamen Ende erfuhren. Es wurde festgestellt, dass als Mörder einzig Dionysus in Frage kam. Dionysus war ein Mann aus der Armee und dieser Mistkerl hat den Senator aus reiner Gier erstochen.«

»Aus Gier?«, fragte Cornelia atemlos.

»Aus übergroßer Gier sogar, mein Mädchen. Claudius Severus Rufus besaß eine kostbare Halskette, die er in Ägypten für seine Frau Calpurnia hatte anfertigen lassen. Seit dem Mord an ihm ist der wertvolle Schmuck spurlos verschwunden. Man hat ihn trotz größter Anstrengungen nicht wiederfinden können, was bedeutet, dass dieser Dionysus einen überaus schlauen Komplizen gehabt haben muss. Aber weil das perlenbesetzte Geschmeide, das Monile, so einmalig und kostbar ist, hat er es bislang noch keinem Hehler in Rom oder anderswo angeboten. Wer es besitzt, würde sofort der Mitschuld am Mord an dem Senator bezichtigt werden. Das ist wohl auch der Grund, warum es selbst fünf Jahre nach der Tat immer noch nicht aufgetaucht ist.«

»Und was wurde aus Dionysus?«, fragte Gaius neugierig.

»Er ist tot. Der Senator hat ihn erstochen, genau in dem Moment, als Dionysus ihn im Andron, dem Gang des Hauses, ermordete. Ein gerechtes Ende für einen Missetäter wie ihn. Nur schade um den Senator! Und seine Frau Calpurnia hat sich wenige Tage danach das Leben genommen, weil sie den Schmerz über den Tod ihres Mannes nicht länger ertragen konnte. Ihr seht, wie tragisch dieser Mordfall gewesen ist.«

Die Kinder starrten den Senator mit offenem Mund an. Also war die ganze Sache kein übler Scherz eines Rätselverrückten. Selbst Gaius war jetzt überzeugt davon.

»So, jetzt habe ich euch aber genug erzählt. Ich weiß nicht, weshalb euch diese beinahe schon in Vergessenheit geratene Untat so wichtig ist, denn sie ist ja längst aufgeklärt – bis auf den Verbleib des kostbaren Geschmeides, dem Monile, einem wirklichen Schatz müsst ihr wissen. Aber Publius erklärte mir, dass ihr euch für Verbrechen dieser Art interessiert. Und dass ihr euch hier am Lapis Niger trefft, finde ich einfach wunderbar. Nur so bleibt Rom im Geiste der Jungen lebendig. Weiter so!«

Selbst Publius verdrehte die Augen. Der Senator wollte bereits wieder davoneilen, als ihm Cornelia noch eine letzte Frage hinterherrief.

»Wo hat sich denn das alles zugetragen? Wo geschah dieser grausame Mord?«

Claudius Severus Publius fuhr herum und verzog seine Lippen zu einem amüsierten Lächeln.

»Das fragst ausgerechnet du mich, Cornelia? Warum wohl hat dein Vater eure teure Villa so viel günstiger erhalten? Weit unter Preis! Was glaubst du, na? Ich will es dir verraten. Weil niemand dort wohnen wollte, wo sich zwei Menschen gegenseitig gewaltsam das Leben nahmen. So, jetzt hast du die Antwort.«

Sein Grinsen wirkte fast schon höhnisch. Dann verschwand er in der Menge.

Cornelia und Titus waren leichenblass geworden. Die anderen zwei schauten ebenfalls erschüttert drein.

»Bei euch ist das alles gewesen?«, stammelte Publius schließlich verwirrt.

Cornelias Hals war noch immer wie zugeschnürt. Das also war das dunkle Geheimnis, das ihr Vater niemals hatte lüften wollen. Sie gab sich einen Ruck. »Wir dürfen es Mutter auf gar keinen Fall verraten. Sie fürchtet sich vor Gespenstern, wie du weißt.«

»Apropos Gespenster«, mischte sich Gaius ein. »Nie was gemerkt, meine Freunde? Bei so viel Grausamkeit des Geschehens muss es doch auch bei euch daheim gewaltig spuken, oder? Nachts alles ruhig im Haus? Keine Schreie oder Würgelaute? Kein Kettengerassel?«

»Wenn du nicht sofort damit aufhörst, dann vernimmt das ganze Forum gleich Würgelaute, aber deine eigenen«, rief Cornelia erbost.

»Ist ja schon gut«, winkte Gaius ab und grinste. »Ich meinte ja auch nur ...« Am Gesicht des Mädchens und ihres Bruders erkannte er, dass es angebracht war, diesen Punkt nicht weiter zu vertiefen. »So, nun wissen wir, dass es diesen Mord wirklich gegeben hat«, sagte er nüchtern und fügte triumphierend hinzu: »Damit ist im Grunde genommen alles Weitere auch schon geklärt.«

»Ja wirklich?«, fragte Titus verblüfft. »Wie kommst du darauf?«

»Weil Senator Publius den Fall für abgeschlossen hält. Der Senator Rufus wurde von diesem Dionysus überfallen und hat sich dabei so heftig zur Wehr gesetzt, dass sein Mörder ebenfalls zu Tode kam. Fertig!«

»Und wie erklärst du dir dann den Brief in der Amphore?«, rief Cornelia fast ein wenig beleidigt aus.

Gaius zuckte unschlüssig die Schultern. »Ein Scherz, denke ich.«

»Und wenn es keiner ist?«

Es war Publius, dem einige Dinge an der Sache nicht gefielen, die er aber noch nicht in Worte fassen konnte.

»Warum sollte jemand solch einen Scherz machen? Dieser Brief in der Amphore ist doch höchst ungewöhnlich, findest du nicht?«

Gaius schwieg, weil ihm nichts Besseres darauf einfiel. Cornelia grübelte unentwegt, wie sie jetzt am besten vorankämen.

»Wir müssen einfach mehr über diesen Dionysus erfahren und über die Frau, in die er sich verliebt hatte. Sie scheint mir ein wichtiger Schlüssel für die Lösung zu sein.«

»Aber wir kennen ja nicht einmal ihren Namen«, meinte Publius resigniert.

»Ich habe das komische Gefühl, wir könnten bei uns zu Hause fündig werden, wenn wir nur mal richtig nachschauten«, erklärte Cornelia aufgeregt.

Titus blickte seine Schwester neugierig an. »Alte Blutflecken helfen uns bestimmt nicht auf die Sprünge und überhaupt sind sie längst weggewischt worden.«

»Daran denke ich ja auch nicht«, entgegnete das Mädchen. »Ich frage mich nur, warum dieser Dionysus, wenn er denn der Täter gewesen ist, ausgerechnet den Senator Rufus überfallen hat. Woher wusste er denn von dem wertvollen Geschmeide? Was hatte er überhaupt mit einem Senator zu schaffen gehabt?«

»Also gut, Freunde«, meldete sich Gaius zu Wort, der zuletzt ungewöhnlich lange geschwiegen hatte. »Mein Vater hat häufig Legionäre unter seinen Kunden. Vielleicht weiß der eine oder andere etwas über diesen Dionysus. Wir müssen einfach versuchen so viel wie möglich über ihn zusammenzutragen.«

»Klar, warum nicht?«, stimmte Titus ihm zu. »Keine schlechte Idee, sich umzuhören, auch wenn wir dank Cornelia wissen, dass es eine Legion namens Cäsars Quadrat gar nicht gegeben hat.«

»Trotzdem gehe ich jetzt zu meinem Vater und hoffe für uns, dass ich was erfahren kann. Zu ihm kommen täglich Legionäre, weil er gutes Gemüse anbietet. Das mögen viele von ihnen, weil es ihren verbrauchten Körpern neue Kraft schenkt.«

»Und wir drei gehen in der Zwischenzeit zu uns nach Hause«, schlug Cornelia vor, »und schauen mal, ob wir etwas Verwertbares in der Villa finden können. Wir müssen alles von oben bis unten durchsuchen: das Atrium, das Triclinium, vielleicht sogar das Cubiculum. Ach, ich wüsste nur zu gern, wo der Mord stattgefunden hat.«

Titus starrte seine Schwester an. »Aber das wissen wir doch längst! Oder hast du das nicht mitgekriegt?«

Cornelia schüttelte den Kopf und wurde rot.

Titus verzog seinen Mund zu einem breiten Grinsen. »Na, dann weiß ich diesmal mehr als du, du Spürnase.«

*An welcher Stelle in seiner Villa wurde der Senator ermordet?*

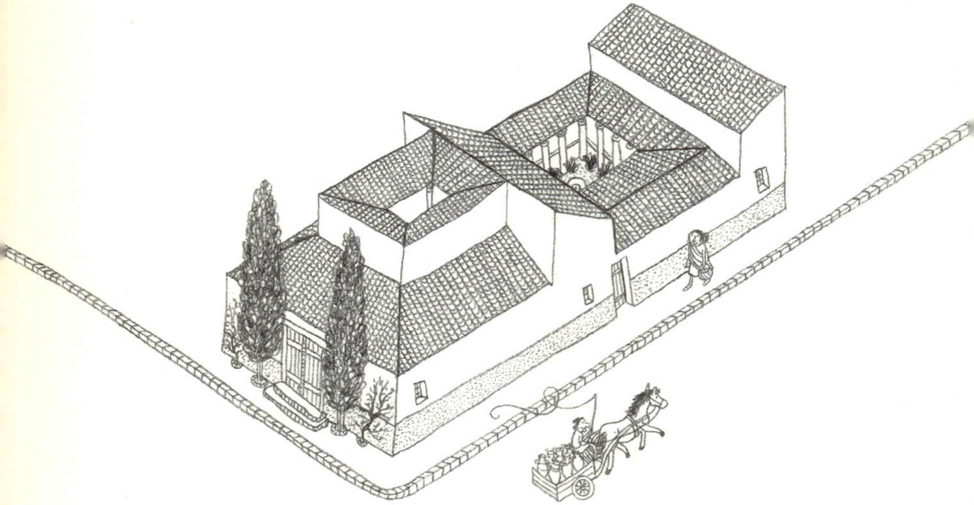

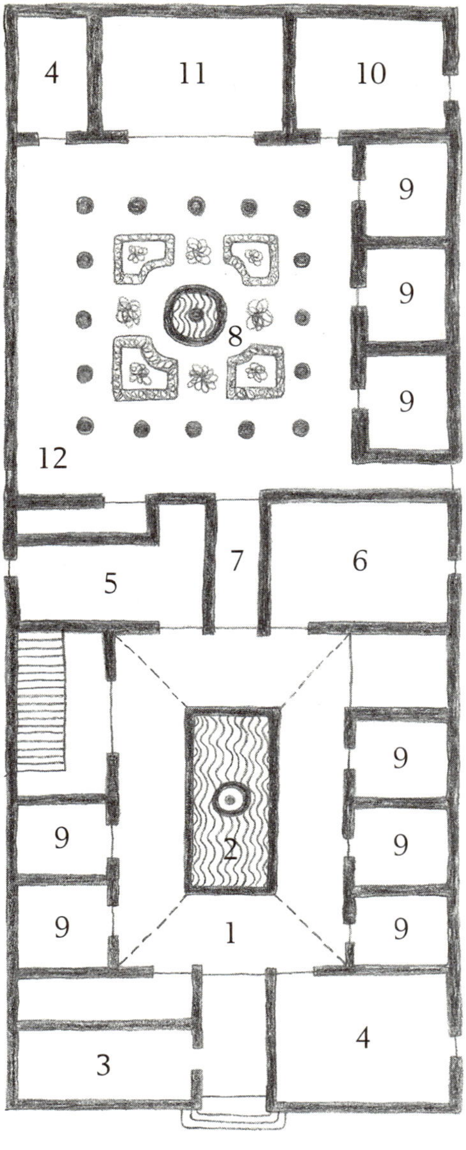


1 *atrium* Wohnraum
2 *impluvium* Wasserbecken
3 Abstellkammer
4 *alea* Nebenraum
5 *culina* Küche
6 *triclinium* Esszimmer
7 *andron* Gang
8 *hortus* Garten
9 *cubiculum* Schlaf- und Gästezimmer
10 *bibliotheca* Bibliothek
11 *exedra* Garten- bzw. Arbeitszimmer
12 *peristylium* Säulenhalle

# VI

## Eine wichtige Entdeckung

Schon bald hockten Cornelia, Titus und Publius ratlos im Zimmer von Titus beieinander. Was konnte ihnen weiterhelfen? Wo im Haus war etwas zu entdecken, das diesen Mord betraf? Den Gang hatten sie so gründlich abgesucht, dass Livia sie schon misstrauisch zu beobachten begann. Daraufhin hatten sie sich recht mutlos in Titus' Zimmer zurückgezogen.

»Warum hat Vater nur alles nach und nach renovieren lassen, nachdem wir hier eingezogen sind?«, stöhnte Titus. Cornelia nickte nur traurig, weil ihre Erwartungen völlig überzogen gewesen waren. Aber dann sprang Publius wie von einer Mücke gestochen auf und lief aufgeregt im Zimmer hin und her.

»Ich hab es, ich hab es«, stammelte er aufgebracht. Die beiden anderen schauten ihn fragend an.

Publius schluckte mehrmals heftig, um sich innerlich zu sammeln, und nicht erneut wie ein nervöses Huhn loszugackern.

»Also, ich habe mir gedacht, dass der Senator doch nicht allein hier gelebt hat, oder?« Cornelias Augen blitzten auf.

»Na klar! Er wird Sklaven, Mägde und Diener gehabt haben.«

»Manche Senatoren besitzen sogar eigene Leibwächter«, ergänzte Publius.

Er rieb sich nachdenklich das Kinn. »Wie erfahren wir, wer hier früher noch im Haus gewohnt hat?«

»Livia!«, murmelte Cornelia.

«Wer?«, fragte Publius erneut.

»Unsere Livia. Wenn die uns darauf keine Antwort geben kann, dann weiß es niemand«, grinste Titus.

In diesem Moment wurde die Tür weit aufgestoßen und Gaius stürmte mit hochrotem Kopf herein. Offenbar war er den Weg vom Laden seines Vaters bis hierher gerannt, was für ihn sehr ungewöhnlich war. Die Idee, Livia zu befragen, geriet durch sein Eintreffen völlig in Vergessenheit.

»Ist dein Vater hinter dir her, weil du sein Gemüse an die hungernde Bevölkerung von Rom verschenkt hast?«, neckte ihn Titus. Gaius keuchte so sehr, dass er gar nicht dazu in der Lage war, auf diese freche Bemerkung zu kontern.

»Wir haben Fortuna auf unserer Seite, Freunde«, plapperte er los, nachdem er einigermaßen zu Atem gekommen war.

Die anderen beäugten ihn aufmerksam. Wenn Gaius so redete, dann konnte das was richtig Gutes bedeuten oder aber es kam irgendeine faule Sache dabei heraus. Cornelia fiel seine angebliche Kindermumie, die der Tiber angespült haben sollte, wieder ein.

Dann endlich hatte sich der Junge wieder unter Kontrolle. Er kauerte sich auf den Boden und spähte in die Runde. »Was glaubt ihr, was ich herausgefunden habe? Das erratet ihr niemals.«

»Tun wir auch nicht«, gestand Cornelia seelenruhig. »Deshalb warten wir ja alle so gespannt auf deine Antwort. Ob sie uns heute noch erreicht?«

Gaius überhörte den Spott. »Und die ist bei den Göttern, die über diese Stadt wachen, so was von hilfreich für uns ...« Der Junge machte kunstvoll eine Pause, um die Spannung noch mehr zu steigern. Alle schauten nun gebannt auf ihn und genau das mochte er am liebsten. So wie jetzt hatte sonst nur Cornelia die Blicke auf sich gerichtet.

»Wie es das Schicksal geschehen lassen wollte, traf ich im Laden meines Vaters den alten Legionär Valerius Fabricius Seneca – ein Meister der Erzählkunst, was Soldatengeschichten betrifft. Wie immer erzählte der alte Legionär meinem Vater gerade wieder von seiner Lieblingssauce, die niemand besser als seine Frau machen würde: Garum, dieses stinkende Gewürz aus altem Fisch, der zu lange in der Sonne gelegen hat. Mein Vater ist jedoch sein größter Verehrer, was seine militärische Vergangenheit angeht, und hört ihm dann immer überaus geduldig zu. Und durch seine Hilfe habe ich unglaublich viel über unseren Dionysus in Erfahrung bringen können.«

»Nein!«, rief Cornelia begeistert und drängte: »Los! Was hat er gesagt?«

Doch Gaius genoss seinen Wissensvorsprung und sonnte sich darin, dass die Freunde an seinen Lippen hingen, als sei er eine der Sibyllen persönlich, die ihnen die größten Weisheiten verkünden wollte. »Valerius Fabricius Seneca bezeichnet diesen Dionysus als einen Sonderling, den allerdings die Götter mit größter Klugheit ausgestattet hatten. Angeblich liebte es Dionysus von Kindheit an, Dinge zu verschlüsseln, sich also eine Geheimsprache für alles und jeden auszudenken. Aus diesem Grunde wurde auch Cäsar später auf ihn aufmerksam. Laut Valerius hat nicht der Feldherr, sondern Dionysus selbst sich ein System ausgedacht, das unter den höchsten Soldaten zur Verschlüsselung von Botschaften kursiert.«

»Cäsars Quadrat!«, hauchte Cornelia ergriffen.

»Genau«, stimmte Gaius zu, »obwohl Valerius diesen Namen nicht erwähnte.«

»Und weiter?«, forderten die Jungen ihn ungeduldig auf.

»Also dieser Dionysus muss es über alle Maßen geliebt haben, in Rätseln zu sprechen, wie wir ja an seinem Brief und allem anderen festgestellt haben. Im Übrigen bezeichnet Valerius Fabricius Seneca unseren Briefschreiber als einen aufrechten Mann, dem er blindlings sein Geld anvertraut hätte.«

»Aha!«, machte Cornelia und riss ihre Augen weit auf. Atemlos hörte sie Gaius zu.

»Was ich euch jetzt noch mitteile, wird euch umhauen! Dionysus war nicht nur der Leibwächter des Senators Rufus, den er umgebracht haben soll, nein, er hat auch noch unter diesem Dach gewohnt. Was sagt ihr jetzt?«

»Das ist ja unglaublich«, rief Titus aus. »Und du beschwindelst uns wirklich nicht, Gaius? Das alles hat dir dieser alte Legionär anvertraut?«

»So wahr ich hier sitze und euer Freund bin«, sagte Gaius ernst.

»Und hast du etwas über diese geheimnisvolle Frau erfahren können?«, wollte Cornelia wissen.

Gaius schüttelte den Kopf. »Nein, gar nichts! Wollt ihr noch hören, dass Valerius Fabricius Seneca heftig daran zweifelt, dass Dionysus der Mörder des Senators sein soll? Auch wenn man beide tot im Andron fand. Aber das ahnt ihr vermutlich schon, oder?«

Cornelia war aufgesprungen und lief aufgeregt im Zimmer umher. »Wenn er hier gewohnt hat, dann sollten wir versuchen sein früheres Zimmer zu finden. Hier oben im ersten Stock wird es nicht gewesen sein, weil seine Aufgabe darin bestand, den Senator zu beschützen. Also wird er unten gewohnt haben und ich habe auch eine Vermutung, welcher Raum dafür in Frage kommt.«

Cornelia wandte sich zur Tür und die drei Freunde folgten ihr augenblicklich die Treppe ins Erdgeschoss hinunter.

Sie durchquerte den Andron und blieb schließlich an der Haustür stehen. In unmittelbarer Nähe des Eingangs gab es einen kleinen Raum, der eben Platz für ein Bett bot. Die Familie hatte keine rechte Verwendung dafür gefunden und nutzte ihn als Abstellkammer. Cornelia konnte sich nicht erinnern, dass dieser winzige Raum bis heute je renoviert worden war. Dass Dionysus gerade hier geschlafen haben sollte, erklärte das Mädchen aus der Nähe des Zimmers zur Eingangstür. Ein Wächter sollte doch nahe an der Stelle sein, wo es potenzielle Diebe als Erstes versuchen würden einzudringen, dachte Cornelia.

Wie erwartet war die Abstellkammer voll gestellt mit Dingen aller Art: Vasen, Leuchtern, Geschirr, Truhen, Gartenwerkzeug, alten Decken, Strohsäcken, zerbrochenen Hockern und manchem Kram, den keiner mehr brauchte.

»Puh!«, rief Publius und schlug entsetzt die Hände überm Kopf zusammen. »Wenn wir das jetzt alles hier herausholen, damit wir sehen, ob etwas dabei ist, was diesem Dionysus mal gehört haben könnte, haben wir garantiert Livia am Hals!«

Cornelia betrachtete das Chaos in dem Zimmerchen und strich sich nachdenklich übers Kinn. »Vielleicht müssen wir es trotzdem tun, aber wirklich nur vielleicht.«

Vorsichtig bahnte sie sich ein, zwei Schritte einen Weg in den Raum hinein. Weiter wäre ohnehin nicht möglich gewesen. Wenn dieser Dionysus nichts lieber gemacht hatte, als seine Gedanken zu verschlüsseln, dann hatte er doch vielleicht auch irgendwann einmal in seinem Zimmer damit angefangen! Aber wo?

An der Wand natürlich, durchfuhr es das Mädchen.

Seine Gedanken bildlich oder schriftlich an die Wände zu schreiben, war in Rom nichts Ungewöhnliches. Selbst Kaufleute oder Handwerker verhielten sich so. Auch Cornelias Vater schrieb bestimmte Namen seiner Kunden an die Wände seiner Arbeitsstätte, wo er sie sich am besten merken konnte, weil er sie täglich vor sich hatte.

»Ich brauche eine Lampe!«, sagte sie unvermittelt und schaute Titus auffordernd an.

Ihr Bruder brummte unwillig, aber er stapfte los, um den Wunsch seiner Schwester zu erfüllen. Als er schließlich

mit einer Öllampe zurückkehrte, leuchtete Cornelia damit in den Raum hinein und betrachtete sorgfältig die Wände – zumindest jene, auf die sie freien Blick hatte. Nichts. Jedenfalls nichts Auffälliges. Enttäuscht wollte sie sich schließlich zum Gehen wenden, um die kleine Kammer zu verlassen, als ihr Blick auf eine Stelle dicht neben dem Türeingang fiel. Neugierig trat sie näher und begann heftig zu schlucken, als sie erkannte, dass dort etwas geschrieben stand. Ohne Zweifel: Das war ein Rätsel!

»Ich brauche sofort ein Wachstäfelchen, um das hier abzuschreiben!«, rief sie aufgeregt und fuchtelte dabei Gaius mit ihren Händen vor der Nase herum.

Als sie schließlich alles notiert hatte, beugten sich alle vier neugierig über die Tafel. Was für ein Schlauberger, durchfuhr es das Mädchen, nachdem sie einen längeren und prüfenden Blick auf die Fragen und ihre Anordnung geworfen hatte! Dieser Dionysus musste wirklich vollkommen vernarrt in das Abfassen von geheimen Botschaften gewesen sein. Auch hier in seinem ehemaligen Zimmer hatte er seine Nachricht so verschlüsselt, dass nur Eingeweihte ihm auf die Spur kommen konnten:

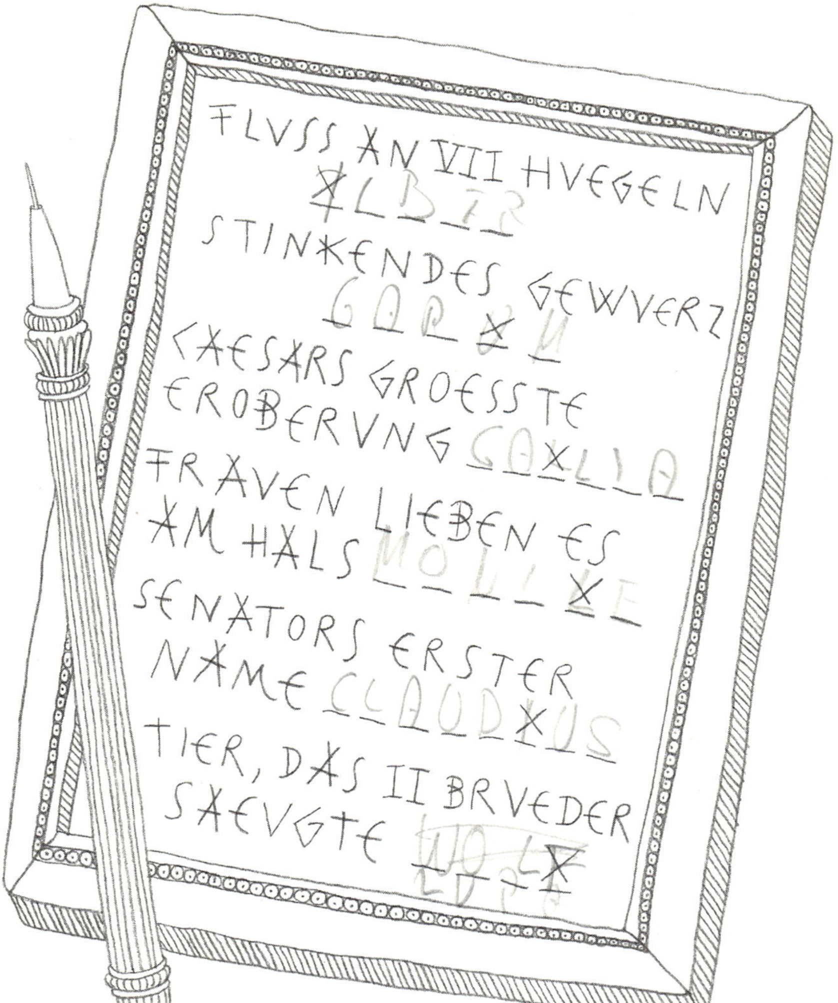


*Wie lauten die richtigen Antworten und was hat Dionysus in seinem Rätsel verschlüsselt?*

Die Beantwortung der Fragen dauerte nicht lang, weil jedes Kind in Rom dazu in der Lage gewesen wäre, nur für den ersten Namen des Senators brauchten sie ein wenig länger. Dionysus hatte natürlich den Senator Rufus gemeint, dem er so ergeben gedient hatte. Der Vater von Publius hatte ja seinen vollständigen Namen genannt und zum Glück erinnerte sich Publius nach einigem Grübeln daran. Auch der Fluss und das Tier, das die Gründer Roms gesäugt hatte, waren kein Problem, ebenso wenig wie der Name der Provinz, in der Cäsar zur Zeit Krieg führte. Ein wenig stutzig wurde Cornelia, als sie leise für sich die Antwort auf die vierte Frage gab. Hier tauchte bemerkenswerter Weise jenes Schmuckstück auf, für das zwei Menschen später hatten sterben müssen.

War das Zufall oder hatte das kostbare Stück, das der Senator erworben hatte, Dionysus so sehr beeindruckt? Vermutlich hatte Claudius Severus Rufus seinen wertvollen Kauf stolz seinem Leibwächter gezeigt – wohl auch, um ihn darauf hinzuweisen, was er außer Leib und Leben noch im Haus zu bewachen habe.

»Was tragen denn Frauen nun am Hals?«, fragte Gaius ungeduldig.

»Ein Monile, eine Halskette«, antwortete das Mädchen.

Nachdem sie alles ausgefüllt hatten, galt es nur noch die durch ein X hervorgehobenen Stellen zu beachten. Aber das war kinderleicht zu erraten, was sich Dionysus dabei gedacht hatte. Wenig später rief Publius überrascht: »Ich hab's oder Heureka, wie es der griechische Philosoph ausdrückt. Die Lösung des Rätselspiels ist ein Frauenname.«

»Stimmt! Jetzt lese ich ihn auch«, rief Titus aus. »Tullia! Aber was soll das?«

»Tullia ist sicher nicht der Name seiner Mutter«, erklärte Gaius und tat, als kenne er den Namen bereits seit längerem. »Tullia wird niemand anderes sein als seine Freundin, die ihn ...«

»Im Stich gelassen hat oder besser, die ihn reingelegt hat, wie er es uns in seinem Brief mitteilt«, unterbrach ihn Cornelia.

Gaius verzog den Mund. Die mal wieder, dachte er grimmig. Dann sagte er: »Nun kennen wir also den Namen dieser Frau. Nur: was hilft uns das?«

»Abwarten!«

Aber als ob die mächtigen Götter, die alle Geschicke der Menschen lenken, plötzlich einen Riegel vor diesen Kriminalfall geschoben hätten, tappten sie dennoch mehr im Dunkeln als je zuvor. Sie kamen der Lösung nicht näher, auch wenn sie nun den Namen der Frau, der Dionysus blind vor Liebe verfallen gewesen war, kannten. Wer war diese Tullia? Wie viele Frauen diesen Namens mochte es in Rom geben? 100? 1000? Oder noch mehr?

So sehr sich Cornelia auch das Hirn zermarterte, sie steckten in einer Sackgasse, und nur der Zufall oder das Einlenken der Götter konnte ihnen jetzt noch helfen.

Und die Götter hatten ein Einsehen – auch wenn es anfangs wirkte, als hätten sie anderes im Sinn, besonders für Gaius.

Der erwachte nämlich am nächsten Morgen mit so starkem Zahnweh, dass ihm nichts anderes übrig blieb, als nachmittags nach der Schule direkt zum Zahnarzt zu gehen.

»Wir begleiten dich bis zum Haus des Arztes«, schlug Cornelia vor, als sie sah, dass Gaius blass vor Angst war.

»Aber was ist, wenn er mich umbringt?«, stammelte Gaius vor der Tür des Arztes mit Schweiß auf der Stirn. Er wandte sich schon halb zur Flucht.

»Dann werden wir sein Haus stürmen und ihm mit der Zange alle Zähne ziehen«, versprach Cornelia, wobei sie den Freund am Arm festhielt. Gaius nickte stumm, blickte sie alle der Reihe nach an wie ein Schwein, das geschlachtet werden soll, und schleppte sich dann schweren Herzens in das Haus des Mannes, dessen besonderes Talent darin bestand, Menschen schlechte Zähne zu ziehen. Er genoss einen guten Ruf, aber was das genau bedeutete, erfuhren die Freunde erst später.

Es dauerte eine ganze Weile, bis Gaius endlich wieder aus dem Haus herauskam und auf die Straße trat. Er schien irgendwie verändert, lachte merkwürdig und schwankte seltsam hin und her. Immer wieder musste er sich an der Hauswand festhalten, um nicht umzufallen, und als er etwas zu den Freunden sagen wollte, lallte er so sehr, dass man ihn kaum verstehen konnte.

». . . hat er rausgerrrissen den fffaulen Mistkerl«, gab Gaius von sich und begann unkontrolliert zu lachen, als ob er nicht ganz richtig im Kopf wäre.

Cornelia roch an seinem Atem und verzog angewidert das Gesicht.

»Wenn dich jetzt Marcus Antonius beschnuppern könnte, dann würdest du aus seiner Klasse fliegen. Du riechst, als ob du ein ganzes Fass Wein leer getrunken hättest!«

»Ja und?«, lallte Gaius. »Hat mir der Arzt verordnet und was der mir gibt, kann doch nicht schlecht sein, oder?«

Fast wäre er zu Boden gestürzt, wenn ihn Titus nicht aufgefangen hätte. Schnell wurde deutlich, dass sie Gaius zu zweit würden stützen müssen, um überhaupt voranzukommen. Cornelia schüttelte fassungslos den Kopf. Unglaublich, aber Gaius war tatsächlich sturzbetrunken. Offenbar hatte der Arzt ihm vorab Wein eingeflößt, damit er ihm den schlechten Zahn ziehen konnte. Und wie die Freunde Gaius kannten, hatte der gleich gierig riesige Mengen davon zu sich genommen, um seine Angst zu betäuben.

So schnell wie möglich versuchten sie den Freund nach Hause zu bringen. Ihm konnte nur noch das Bett helfen, um seinen Rausch auszuschlafen. Aber Gaius sträubte sich wie ein störrischer Esel.

»Lasst mich, mir geht es prächtig!«

Als sie ihn gerade in die Mitte nehmen wollten, wären sie beinahe mit einer Sänfte zusammengestoßen, die von vier Männern getragen wurde. Darin saß eine offenbar hoch gestellte Frau – denn alle wichen vor ihr zurück – die in feine Gewänder gehüllt, aber vollkommen übertrieben geschminkt war. Ihr Gesicht wirkte unter dem Anstrich der purpurnen und rötlichen Farben wie eine starre Maske.

Zwei ältere Frauen lachten laut auf und eine von ihnen spottete: »*Non semper ea sunt, quae videntur* – Die Dinge sind nicht immer das, was sie zu sein scheinen! Wie kann man nur denken mit so viel Schminke im Gesicht attraktiv zu sein. Die sieht ja aus wie die Männer mordende Tullia, die den Männern von Rom den Kopf verdreht!«

Cornelia zuckte wie vom Blitz getroffen zusammen. Wie Tullia sieht sie also aus, dachte das Mädchen aufgeregt. Es gab also in Rom eine Frau namens Tullia, die geradezu sprichwörtlich stadtbekannt war!

Und Männer mordend, wobei das sicherlich nicht wörtlich gemeint war. Titus stieß seine Schwester unsanft in die Seite, denn sie hatte vor Staunen fast den armen Gaius losgelassen, der noch immer wie ein nasser Sack zwischen ihr und ihrem Bruder hing.

»Ich weiß genau, was du denkst, denn ich habe die Alte dort drüben auch gehört. Und der gute Gott der Einfälle hat mich nicht verschont.«

Cornelia schaute ihn neugierig an.

»Wie meinst du das?«

»In Rom ist Klatsch so wichtig wie nirgendwo sonst. Klatsch, üble Nachrede, weißt du nicht mehr, was unser Vater immer dazu sagt?«

Cornelia hatte keinen blassen Schimmer, wovon Titus redete, aber der fuhr bereits fort: »Vater sagt immer, Klatsch ist das bittere Gewürz dieser Stadt, denn Abwesende werden im Gespräch zerfleischt. Und jetzt fällt mir auch ein, zu wem er das mal fast im Zorn gesagt hat, nämlich zu diesem wehleidigen Satiriker, der uns vor einiger Zeit wegen des Honigs besucht hat und sich vor Begeisterung gar nicht mehr einkriegen konnte. Wie hieß er denn noch gleich?«

»Cassius Petronicus«, antwortete Cornelia.

»Genau! Den meine ich. Und zu genau zu dem sollten wir gehen, wenn wir mehr über diese Tullia erfahren wollen. Vielleicht ist sie ja diejenige, die wir suchen?«

»Worüber quatscht ihr da eigentlich?«, lallte Gaius zwischen ihnen.

Aber Titus und Cornelia ließen sich nicht beirren. Endlich hatten sie eine neue Spur, der sie nachgehen konnten. Tullia, die sich ungewöhnlich grell schminkte und Männern den Kopf verdrehte.

Cornelia erkannte, worauf ihr Bruder hinauswollte. Dieser Cassius Petronicus kannte alle Klatschgeschichten Roms, weil er sie aufschrieb und bei Gastmählern zum Besten gab. Vielleicht hatte er auch was Aufschlussreiches über diese Tullia bereit? Wer konnte es wissen?

# VII

## Das größte Klatschmaul Roms

Am anderen Morgen machte Titus eine höchst beunruhigende Entdeckung. Er wartete vor dem Haus auf Cornelia, um sich mit ihr auf den Weg zum Unterricht zu machen, als er einen Mann bemerkte, der sich irgendwie seltsam benahm. Als würde er das große Haus am Fuße des Palatin von allen ihm zugänglichen Seiten ausspähen wollen, schlich er mal zur einen, mal zur anderen Seite. Vom Eingang aus hatte Titus einen guten Überblick, so dass er ebenso schnell und wie beunruhigt feststellte, dass dieser dunkelhäutige, kräftig gebaute Typ mit seiner gestreiften Kapuze, die er sich weit ins Gesicht gezogen hatte, sich alles andere als natürlich verhielt. Was hatte er vor? War das ein Einbrecher, der auf seine Chance lauerte? Wollte er feststellen, wer sich in dem Haus aufhielt und wie viele Menschen hier wohnten? Solche Typen trieben sich sonst eher im Argiletum herum. Was also hatte er hier in der feineren Wohngegend zu suchen?

*Wo steckt der Mann, den Titus beobachtet hat, und wo sind die Freunde ihm schon begegnet?*

Als seine Schwester endlich aus dem Haus kam, wollte er Cornelia seine ungewöhnliche Beobachtung sofort mitteilen und sie auf den Fremden hinweisen, der sich so auffällig verhielt. Doch Cornelia überfiel ihn sogleich mit ihren Plänen, dass sie noch am selben Tag Cassius Petronicus besuchen wollten, und begann wie so oft nochmals darzulegen, was sie bereits alles wussten oder eher, was sie nicht wussten. Titus seufzte und vergaß in dem Redeschwall bald, was er gesehen hatte.

Nach der Schule suchten die Kinder umgehend den bekannten Satiriker Cassius Petronicus auf. Er wohnte in einer etwas heruntergekommenen Villa am Rande der Stadt und wollte keinen Besuch empfangen. Das jedenfalls wurde den vier Kindern an der Tür von einem Sklaven mitgeteilt.

»Nichts zu machen. Petronicus, der Große, hat Kopfschmerzen und will heute niemanden sehen.«

Die Kinder waren ein wenig ratlos, weil sie mit dieser Weigerung nicht gerechnet hatten. Doch wie so häufig hatte Cornelia den rettenden Einfall. Sie verwies auf ihren Vater, den berühmten Imker, dessen heilsamen Honig der Herr des Hauses so sehr schätzte, und erklärte, dass er sie geschickt habe, um dem berühmten Dichter eine wichtige Nachricht auszurichten.

Der Sklave zögerte kurz und schloss dann die Tür wortlos vor ihrer Nase.

»Das war es wohl«, seufzte Gaius, dem noch immer der Schädel von seinem Abenteuer am Tag zuvor brummte. Er wandte sich zum Gehen.

»Nicht so eilig«, zischte ihm Cornelia zu. »Da tut sich noch was, vertraue mir.«

Gaius brummte mürrisch etwas vor sich hin, blieb aber stehen.

Wenig später wurde die Tür erneut geöffnet und der Sklave bat die Kinder einzutreten.

»Petronicus fühlt sich bereit, euch zu empfangen.«

So betraten sie das Haus des bekannten Dichters und wurden in das Atrium geleitet, wo Petronicus mit einem feuchten Tuch über der Stirn auf einer Liege ausgestreckt lag. Mit einer knappen Handbewegung wies er die vier an, sich zu setzen.

»Honig wäre jetzt gut für mich. Honig in heißer Milch, aber darauf kann ich wohl lange warten. Dieser Verbrecher von einem Diener lässt mich hier verrecken und ich befürchte, dass ich den morgigen Tag nicht mehr erleben werde«, begann der Mann mit einer hohen näselnden Stimme.

»Ich werde meinen Vater bitten dir von dem hymettischen Honig zu schicken«, versprach Cornelia.

Petronicus blickte kurz auf und lächelte das Mädchen milde an.

»Oh, du Kennerin! Wie schön, dass es solche guten Geister wie dich gibt, mein Mädchen. Den hymettischen Honig aus Attika essen selbst die Götter, weil er so unvergleichlich schmeckt. Dank gebührt deinem Vater, dem genialen Imker, und Dank auch dir für deine Güte, mein Kind.«

»Sehr gern, verehrter Petronicus«, erwiderte Cornelia artig. Und ehe Petronicus noch ansetzen konnte zu fragen, mit welcher Nachricht der Imker seine Kinder denn zu ihm geschickt hatte, begann Cornelia unvermittelt: »Meine Freunde und ich sind zu dir gekommen, weil wir etwas Wichtiges für die Schule erarbeiten müssen.«

»So? Und dabei soll ich euch helfen? Aber sicher werde ich das, denn niemand kennt sich mit den Geschichten dieser Stadt besser aus als ich, Cassius Petronicus, die gewaltige Stimme Roms, wie man mich im Senat zu nennen pflegt.«

»So ist es, großer Meister, deshalb sind wir auch hier«, ergriff Titus eifrig das Wort. Der Kranke richtete sich halb auf und starrte den Jungen an.

»Jetzt erkenne ich dich erst, Titus, Sohn des wunderbaren Imkers Marcus Titus Statilius. Doch lass bitte deine Schwester sprechen. Ihre Stimme ist mir angenehmer.«

Gaius tippte sich viel sagend an die Stirn, als er das hörte. Zum Glück bekam der Liegende diese Geste nicht mit, weil ihm das Tuch über die Augen gerutscht war.

»Also frage mich, liebe Cornelia, ich werde deinen Wissensdurst stillen.«

Gaius hielt sich den Mund zu, um nicht loszuprusten. Publius verdrehte die Augen. Titus blickte belustigt auf den Dichter, der seine Stimme nicht mochte. Einzig Cornelia behielt die Fassung und bat betont sanft: »Erzähle uns von Tullia, der Schönen! Wer ist sie und wo kann man sie finden?«

»Tullia, die Schöne?«, kreischte Petronicus, richtete sich auf und wäre beinahe von seiner Liege gefallen. »Ihr seid hier, weil ihr etwas über diese grell geschminkte Tullia von mir hören wollt? O *tempora o mores* – was für Zeiten, was für Sitten! Was für Sachen lehrt man euch denn heutzutage in der Schule? Ich fasse es nicht. Tullia ist eine furchtbare Frau, die über Leichen geht, wenn es ihr in den Kram passt. Aber leider kann man der schönen Dame ihre Untaten nicht nachweisen. Was habt ihr denn mit so einer zu schaffen?«

Offenbar war Petronicus zutiefst entsetzt über ihr Anliegen, ihn ausgerechnet nach Tullia zu befragen.

»Unser Lehrer will, dass wir über Klatsch und Tratsch in Rom erzählen, und man hat uns gesagt, dass es über Tullia am meisten zu tratschen gibt«, erwiderte Cornelia ungerührt.

Der Dichter strich sich mit einer theatralischen Geste eine widerspenstige Locke aus der Stirn.

»Klatsch und Tratsch sind mein Metier«, erklärte er selbstgefällig. »Wer wüsste mehr darüber in dieser Stadt als ich? Und was diese Tullia angeht, so habt ihr richtig gehört. Wie sagt der Dichter? Derjenige Nachtisch ist besonders süß, der nicht süß ist. Die Menschen zerreißen sich das Maul über diese Dame, aber das stört sie offenbar wenig. Hat seit Jahren irgend so einen übel aussehenden Kerl an ihrer Seite, der sie beschützt, falls jemand zu aufdringlich wird. Maurussus heißt er. Dem möchte man nicht im Dunkeln allein begegnen. Sein Liebchen schmeißt sich jedem Mann an den Hals, von dem sie sich nur genug Geld verspricht. Die Menschen trauen dieser Tullia alles zu, sogar einen Mord, aber das sind nur Gerüchte. Beweisen kann man ihr nichts.«

Gaius sog bei dem letzten Satz vor Aufregung hörbar die Luft ein, aber Titus spielte Cornelias Spiel unerschütterlich weiter.

»Und wo kann man Tullia treffen, Meister aller Dichter Roms?«

Cassius Petronicus fixierte ihn misstrauisch. Seine Augen verengten sich zu Schlitzen.

»Bist du nicht ein wenig zu jung, mich so etwas zu fragen? Aber worum sorge ich mich eigentlich? Tullia selbst wird dich auslachen, wenn du sie ansprichst wie die anderen Freier, die um sie herumschwirren wie Bienen um die nektarreichen Blüten.«

»Ich will nur sehen, wie sie aussieht, mehr nicht«, verteidigte sich Titus und bekam einen roten Kopf. »Damit ich sie besser und lebendiger meinem Lehrer schildern kann.«

»Nun denn«, brummte der Dichter. »Dann will ich es dir mal ganz genau erklären, mein Junge. Es gibt da nämlich ein gelbes Haus am Collis Viminalis, wo sie sich gerne aufhält, etwa dort, wo der Vicus Longus den Vicus Arduus kreuzt, der seinerseits über die ihn kreuzende Alta Semita hinaus in Richtung des Stadttores am Collis Quirinalis läuft. Alles begriffen?« Er grinste Titus herausfordernd an. Aber der ließ sich nicht provozieren, sondern prägte sich das Gehörte fest ein.

»Du hast uns genug gesagt. Besten Dank, hoch verehrter Dichter, bester Freund unseres Vaters, des Imkers«, flötete Cornelia und wies noch einmal darauf hin, dass sie zu Hause mitteilen werde, wie krank Petronicus im Moment sei.

»Oh ja, tue das, bettlägerig bin ich und brauche dringend Medizin vom Allerfeinsten«, hauchte der Kranke und sank ächzend zurück auf seine Liege. Die Kinder verabschiedeten sich und verließen rasch das Haus.

Draußen brachen die Jungen in wildes Gelächter aus und tippten sich mehrmals viel sagend an die Stirn.

»Der hat sie doch nicht mehr alle«, gluckste Publius. »Wie der redet! Als stünde sein Tod unmittelbar bevor.«

»Aber er hat uns wichtige Hinweise auf Tullia gegeben«, warf Cornelia ein.

»Ob die aber wirklich die Angebetete unseres Mordopfers ist?«, zweifelte Gaius.

»Das müssen wir eben herausfinden. Also, auf in die Subura!«, schlug Cornelia vor und keiner der drei Freunde widersprach ihr.

VIII

# Auf Tullias Spuren

Die Subura galt als eines der gefürchtetsten Viertel in Rom. Besonders bei Dunkelheit bestand die Gefahr, sich in den verwinkelten Gassen zu verirren, Überfälle waren an der Tagesordnung und diese gingen nicht immer so glimpflich aus, wie der mit dem flinken Dieb im Argiletum, der dem Mann nur seinen Geldbeutel entwendet hatte. Bei solchen Überfällen wurden die Dolche oft schneller gezückt, als man bis drei zählen konnte – vor allem dann, wenn es stockdunkel in den Gassen war, dass man nicht die Hand vor seinen Augen sehen konnte. Aber noch war es ja nicht Abend und die vier Freunde blieben dicht beisammen, als sie in das Gewirr von Wegen und Gassen eintauchten, die von hohen Mietshäusern, den insulae, gesäumt wurden.

Titus wusste von seinem Vater, dass es in diesen Mietshäusern verboten war, Feuer zu machen, weil die Brandgefahr zu hoch war. Ein einzelnes Feuer konnte sich durch Unachtsamkeit zu einem gefährlichen Brand entwickeln, bei dem gleich mehrere Häuser bedroht waren. Weil die Menschen, die hier lebten, aber natürlich trotzdem essen

mussten, gab es viele Imbissstuben und Tavernen, in denen für wenig Geld Linsensuppen, dampfende Würstchen oder verschiedene Fischgerichte mit Garum angeboten wurden. Meistens sahen diese Garküchen recht schäbig und heruntergekommen aus, so dass die Kinder naserümpfend weiterzogen.

»Wie dreckig hier alles ist!«, beschwerte sich Publius. »Mein Vater würde sich schämen, wenn er seinen Kunden solche Auslagen anbieten müsste!«

Die anderen schwiegen, denn es war schon ein wenig unheimlich, was sich um sie herum tat. Überall in den Häusern rumorte es. Schreie drangen an ihre Ohren, ohne dass man hätte sagen können, ob sich jemand akut in Gefahr befand oder nicht.

Und dann roch es auch stark nach menschlichen Ausscheidungen. Unter vielen Treppenverschlägen standen nämlich Bottiche, in die die Menschen ihren eigenen Urin schütteten, den sie zuvor in ihren Wohnungen mangels Toiletten in Krügen gesammelt hatten. Die Bottiche wurden regelmäßig von Gerbern geleert, die diese Flüssigkeit für ihre Felle nutzten.

Titus und Cornelia dachten mehr als einmal an ihr schönes Haus und an die ruhige Wohngegend, die im Grunde genommen nur ein paar Straßenzüge und Häuserblocks entfernt lag.

Schließlich kamen sie zum Vicus Longus. Von hier aus erreichten sie wenig später eine belebte Kreuzung.

»Dort drüben ist es!«, rief Titus und stieß seiner Schwester aufgeregt den Ellbogen in die Rippen. Die bedankte sich mit einem kleinen Fausthieb auf seinen linken Oberarm, aber der Junge bemerkte es nicht einmal. Das gelbe Haus, von dem Petronicus gesprochen hatte, lag zum Greifen nah.

»Und nun?«, fragte Gaius keck. »Hat jemand von euch einen Plan, was jetzt kommt?«

Doch noch bevor er eine Antwort darauf erhielt, passierte etwas höchst Ungewöhnliches: Titus wurde mit einem Mal weiß wie eine Gans. Er schluckte mehrmals heftig und zog seine Schwester eilig aus dem Blickfeld des Hauses, in dem sich Tullia aufhalten sollte. Cornelia starrte ihren Bruder an, der aussah, als ob er einen Geist gesehen hätte.

»Was hast du? Ist dir schlecht von den Gerüchen, die um uns herumschwirren?«

Ihr Bruder schüttelte stumm den Kopf. »Wir müssen sofort hier verschwinden«, krächzte er.

Die Freunde trauten ihren Ohren nicht. Aber ein Blick ins Gesicht von Titus genügte, um ihnen klar zu machen, dass ihr Freund vor irgendetwas große Angst hatte. Was mochte er nur gesehen haben?

Stockend begann Titus: »Es ist seltsam. Ganz begreife ich es auch nicht. Aber es ist so, dass ich heute Morgen vor unserem Haus einen Kerl beobachtet habe, der sich auffällig dort herumtrieb.«

»Wovon redest du da?«, fragte Cornelia besorgt. »Warum hast du mir nichts davon gesagt?«

»Du hast mich ja gar nicht zu Wort kommen lassen und dann habe ich es einfach vergessen«, verteidigte Titus sich.

Die drei anderen sahen ihn neugierig an. Worauf wollte Titus hinaus?

»Vorhin habe ich diesen Kerl wieder gesehen. Er sieht zum Fürchten aus, sage ich euch, dunkelhäutig, Muskel bepackt, mit einer auffällig gestreiften Kapuze über dem Kopf, aber das Schlimmste ist, er verschwand in dem gelben Haus.«

Die Freunde erschraken. Was hatte das alles zu bedeuten? Jemand trieb sich am Morgen vor dem Haus des Imkers Marcus Titus Statilius in vornehmster Wohngegend am Palatin herum und tauchte abends in der verkommenen Subura wieder auf. Stand vermutlich in Verbindung zu dieser Tullia.

Aber dann geschah schier Unglaubliches. Auf einmal öffnete sich die Tür des gelben Hauses und der Kerl mit der auffälligen Kapuze trat gemeinsam mit einer stark geschminkten und wenig züchtig gekleideten Frau auf die Straße. Tullia!

Sie schlenderten lässig direkt auf die Kinder zu. Um nicht von ihnen gesehen zu werden, verbargen sich die vier Freunde kurzerhand hinter einem Mauervorsprung. Von hier aus konnten sie das seltsame Paar beobachten. Jetzt dämmerte es ihnen allen. Das musste dieser Maurussus sein, von dem ihnen Petronicus erzählt hatte. Tullias Beschützer, den man besser nicht im Dunkeln allein traf. Seiner dunklen Haut nach war er ein Nordafrikaner, vermutlich aus Mauretanien, wie sein Name vermuten ließ. Ein hoch gewachsener muskulöser Mann, der auf seiner rechten Wange eine lange Narbe hatte, offenbar von einem Messer vor längerer Zeit verursacht. Seine dunklen Augen blickten umher wie die einer Ratte, die auf der Suche nach

Beute durch die Gassen Roms schlich. Cornelia erschauderte, als sie aus ihrem Versteck heraus das Gesicht dieses Mannes musterte. Maurussus wirkte wie jemand, dem ein Menschenleben nicht viel bedeutete. Seine Begleiterin Tullia war zwar zierlich und hübsch anzusehen, aber ihre Augen schauten kalt und hochmütig. Je länger Cornelia das Paar beobachtete, desto sicherer war sie, dass die beiden Schuld am Tod des armen Dionysus waren. Ja, sie traute es ihnen ohne weiteres zu.

Tullia und Maurussus gingen die Straße hinunter, ohne bemerkt zu haben, dass sie beobachtet wurden. Zögernd traten die Kinder hinter dem Mauervorsprung hervor und folgten ihnen mit ihren Blicken.

»Sollen wir ihnen nach?«, fragte Gaius.

Cornelia nickte. »Wäre gut herauszufinden, wohin sie gehen oder mit wem sie sich treffen.«

Sie liefen ein kurzes Stück den Vicus Longus hinunter und bogen dann scharf links ab. Sie folgten der gekrümmten Straße, bis sie wenig später auf eine Kreuzung stießen. Hier ging es geradeaus weiter Richtung Ladenstraße, der sie so weit folgten, bis es nur noch rechts oder links ging. Weiter liefen sie nun in Richtung Templum Veneris et Romae, ließen den Tempel der Vesta rechts liegen, um dann am Tempel des Jupiter Stator vorbei in die nächste große Straße rechts einzubiegen. Danach wandten sie sich in Richtung ... Das durfte doch nicht wahr sein!

*Wohin sind Tullia und Maurussus unterwegs?*

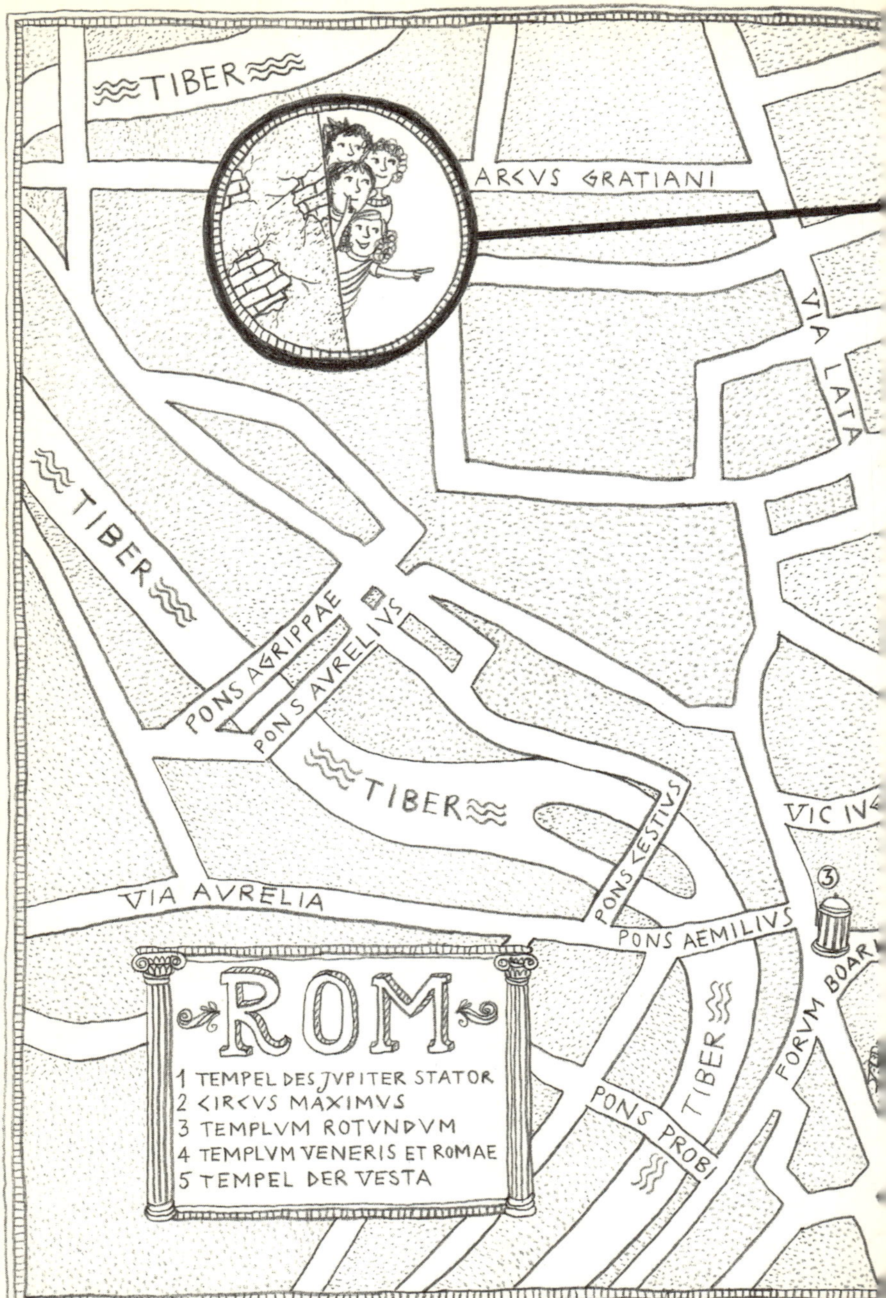
TIBER
ARCVS GRATIANI
VIA LATA
TIBER
PONS AGRIPPAE
PONS AVRELIVS
TIBER
PONS CESTIVS
VIC IV
3
VIA AVRELIA
PONS AEMILIVS
FORVM BOAR
TIBER
PONS PROBI
ROM
1 TEMPEL DES JVPITER STATOR
2 CIRCVS MAXIMVS
3 TEMPLVM ROTVNDVM
4 TEMPLVM VENERIS ET ROMAE
5 TEMPEL DER VESTA

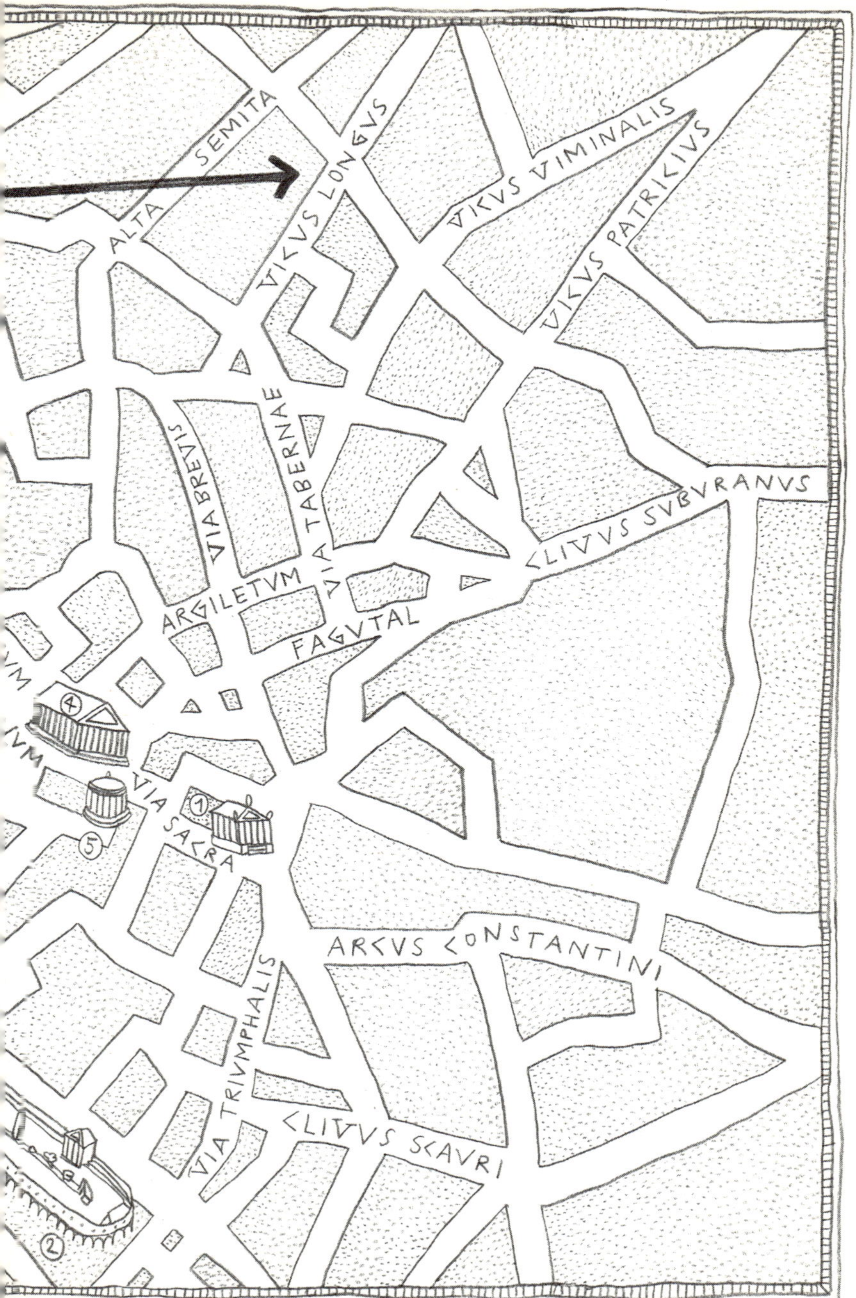
ALTA SEMITA
VICVS LONGVS
VICVS VIMINALIS
VICVS PATRICIVS
VIA BREVIS
VIA TABERNAE
CLIVVS SVBVRANVS
ARGILETVM
FAGVTAL
VIA SACRA
ARCVS CONSTANTINI
VIA TRIVMPHALIS
CLIVVS SCAVRI
1
2
4
5

Wenig später stand fest, wohin das Paar unterwegs war. Cornelias Kehle wurde staubtrocken. Auch Titus war entsetzt: »Warum, bei den Göttern, drängt es sie ausgerechnet zu unserem Haus?«, fragte er seine Schwester und spürte einen Kloß im Hals. Sie waren wohlweislich auf Abstand zu dem Paar geblieben, das jetzt gegenüber ihrem Haus stehen blieb und offensichtlich miteinander diskutierte.

»Honig werden sie wohl nicht gerade von uns wollen«, meinte Cornelia bitter. »Vielleicht vermuten sie, dass Vater Geld im Haus aufbewahrt. Dann müssen wir ihn warnen«, stieß Titus aufgeregt hervor.

Aber Cornelia ging nicht darauf ein. Sie ließ das Gaunerpaar nicht aus den Augen. Plante es wirklich einen Einbruch? Aber warum ausgerechnet bei ihnen?

Wenig später verschwanden Tullia und der finster dreinblickende Maurussus. Offenbar hatten sie herausgefunden, was sie wissen wollten, denn Cornelia hatte das ungute Gefühl, dass das Paar nicht unzufrieden wirkte.

»Lasst uns reingehen«, schlug Titus vor. »Lagebesprechung!«

# IX

# Das Feuer des Drachen

Kurz darauf hockten die vier Freunde im Zimmer von Titus und hielten Kriegsrat wie die gallischen Fürsten.

»Sollten wir nicht deinen Vater einweihen und einen der sechs Ädilen?«, fragte Publius. »Was, wenn dieser Maurussus gewaltsam hier einbricht, um sich zu holen, wonach er anscheinend sucht?«

Cornelia fuhr von ihrem Platz hoch, als hätte sie eine Schlange gebissen. Dabei drückte sie fest den linken Arm des Jungen.

»Was hast du da eben gesagt?«

»Äh, nichts, außer dass wir euren Vater verständigen sollten«, stotterte Publius aufgeregt und wand sich dabei aus dem schmerzhaften Griff heraus.

»Nein, das meine ich nicht«, rief Cornelia aus. »Was hast du danach gesagt?«

»Dass er bei euch einbricht, um sich etwas Kostbares zu holen.«

Cornelia schüttelte heftig den Kopf. »Nein, das war es nicht genau, was du gesagt hast. Aber jetzt weiß ich es wieder. Du hast gesagt, dass er hier einsteigt, um sich zu holen, wonach er sucht. Und genau das bringt mich auf eine wahnwitzige Idee.«

»Und welche?« Gaius runzelte fragend die Stirn. »Wahnwitz ist dir ja eigen, wie wir wissen.«

Cornelia antwortete nicht, sondern sprang auf und begann hektisch in einer Ecke des Zimmers nach irgendwas zu suchen. Die Jungen hatten keinen blassen Schimmer, was sie vorhatte.

Aber ihre wilde Suche schien belohnt zu werden. Triumphierend zog sie schließlich unter einem Stapel von Buchrollen ein kleines Säckchen hervor. Sie öffnete es und hervor kamen die sechs Teile des ehemaligen Verschlusses der Amphore. Vorsichtig setzte sie den Deckel auf einem Tischchen zusammen und starrte danach auf das Bild, als ob es gleich anfinge zu sprechen.

»Ein Drache, der Feuer speit«, erklärte das Mädchen leise. »Er ist die Antwort auf unsere Frage.«

»Aber das haben wir doch schon hundert Mal angeschaut, ohne weiterzukommen!«, sagte Titus mürrisch.

»Aber da ist doch noch mehr zu sehen!« rief Gaius plötzlich aufgeregt. Vorsichtig kratzte er einen kleinen, fest zusammengetrockneten Dreckkrumen von einem der Puzzleteile.

»Was sind denn das für komische Striche mit der gepunkteten Linie über dem Kopf des Drachen?«

Er legte das Puzzleteil wieder auf seinen Platz oberhalb des Kopfes des Feuer speienden Untiers.

Die Kinder starrten gebannt auf die Zeichnung, die Dionysus garantiert nicht ohne Grund angefertigt hatte.

»Ein verziertes Schiff?«, schlug Publius vor.

»Oder ein Gefäß?«, meinte Gaius.

»Ein Schild wäre auch möglich«, erklärte Titus. »Was meint ihr?«

»Ich hab's«, rief Gaius aus. »Es ist ein Zelt und verweist auf das Heerlager Cäsars in Gallien.

*Was hat Dionysus mit dem gepunkteten Band im Halbkreis über dem Kopf des Drachen andeuten wollen?*

»Dann sollten wir wohl schleunigst aufbrechen und die Soldaten vor einem Drachen im Lager warnen«, spottete Publius.

»Vielleicht ist dieser Drache ja gar kein echter Drache«, unterbrach ihn Titus. »Vielleicht ist er ja ein Bild für etwas ganz ganz anderes, so eine Art Symbol oder so was.«

»Nicht schlecht, Brüderchen«, stimmte Cornelia ihm zu. »Wir dürfen niemals vergessen, dass Dionysus es liebte, in Rätseln zu denken. Was hat ein Drache in Rom zu suchen? Nichts. Also will er uns auf etwas ganz anderes hinlenken.«

»Und auf was?«

»Ich habe keine Ahnung, Gaius«, gab Cornelia zu. »Aber wir müssen herausfinden, wonach Maurussus und sein grell geschminktes Liebchen so eifrig suchen. Etwas, was sich, bei Jovis, hier bei uns im Haus befinden soll.«

»Aber das ist doch klar wie Linsensuppe in der Subura«, erklärte Gaius zur Verblüffung aller. Er grinste sie herausfordernd an.

»Ja, guck nicht so blöd, ich weiß längst, worauf die zwei dort draußen aus sind und warum sie das Haus überhaupt ausspionieren wollen. Denkt doch mal nach, was uns der Vater von Publius erzählt hat!«

Cornelia schlug sich die Hand vor den Kopf. »Ja, klar. Bei den Göttern! Wie konnte ich nur so blind sein! Gaius, du liegst vollkommen richtig. Die beiden wollen im Haus etwas stehlen, was nicht einmal uns gehört und von dem wir nicht einmal wissen, wo es sich befindet! Wie konnte ich das bloß übersehen! Es geht diesen beiden Gaunern um diese kostbare Halskette, das Monile, wegen der sie Dionysus getötet haben und den Senator auch. Es kommt gar nichts anderes in Frage. Nach der Ermordung des Senators haben Maurussus und Tullia das Halsband versteckt – irgendwo hier bei uns an einem sicheren Ort. Dionysus hat es gesehen und in Form des gepunkteten Bandes auf den Verschluss der Amphore geritzt.«

»Aber warum sollten sie so etwas tun?«, wunderte sich Publius.

»Vermutlich weil der Schmuck unmittelbar nach der Tat für jeden Hehler in Rom zu heiß war. Die zwei wollten ihn zwar garantiert zu Geld machen, aber niemand hätte damals die auffällige Kette genommen, nach der überall gesucht wurde. Der Raub der Kette war ja der Grund für das Verbrechen und angeblich war die Kette das Einzige, was aus dem Haus verschwunden ist. Aber selbst wenn man seinerzeit ganz Rom auf der Suche nach dem Monile auf den Kopf gestellt hat, einen Ort hat man mit ziemlicher Sicherheit vergessen: unser Haus!« Titus Stimme überschlug sich beinahe vor Aufregung. »Und dort schlummert es bis heute – von einem Drachen bewacht ...«

Cornelia kaute grübelnd auf ihrer Unterlippe herum und überlegte angestrengt. Dann teilte sie ihre Gedanken laut den anderen mit. »Also, was wissen wir? Wir glauben zu wissen, dass Maurussus und Tullia den Halsschmuck hier in der ehemaligen Senatorenvilla versteckt haben. Jetzt hoffen sie, dass endlich genug Wasser den Tiber hinabgeflossen ist, um Rom das Verbrechen vergessen zu lassen. Und jetzt wollen sie sich den Lohn für ihre böse Tat holen und das Monile zu Geld machen! Darum bespitzeln sie unser Haus!«

»Aber noch schlummert der Drache auf dem Schmuck«, sagte Titus ironisch. »Und wir müssen ihn bloß wecken, um ihnen zuvorzukommen.«

»So ist es!«, stimmte Cornelia lakonisch zu.

Titus blickte seine Schwester scharf an: »Du hast das Rätsel schon längst gelöst, nicht wahr? Du weißt längst, was der Drache bedeuten soll! Und uns lässt du mit der Antwort schmoren!«

Cornelia grinste frech und gab sich ahnungslos. »Ihr habt doch selbst ein Hirn im Kopf, oder? Jetzt strengt euch mal ein wenig an und schon habt ihr die Antwort, Jungs.«

»Irgendwann werfe ich sie in den Tiber«, grummelte Gaius.

»Oder wir verheizen sie im Ofen!«, schlug Publius vor und kicherte plötzlich laut los.

»Wenn jetzt nicht die Sesterze gefallen ist«, gluckste Cornelia.

Alle vier sprangen auf, und während Cornelia noch vorsichtig die Einzelteile des rätselhaften Deckels aufsammelte, stürzten die drei Jungen bereits zur Tür.

*Welcher Raum im Haus ist ihr Ziel?*

X

# Des Rätsels Belohnung: Monile

Die Küche in der Villa von Titus und Cornelia war ein eigener Raum. Das war beileibe nicht in allen römischen Häusern und Villen so, denn bei vielen Bürgern stand der Herd noch im Atrium, dem zentralen Raum eines jeden Hauses. Der Name Atrium erinnert daran, denn er leitet sich von ater – schwarz ab, womit die Rußfarbe gemeint war, die typisch für diese Räume war, denn der vom Herd aufsteigende Rauch hatte die Wände des Raumes im Laufe der Zeit überzogen und schwarz gefärbt. Daher das Wort Atrium. Es war in Rom noch längst nicht selbstverständlich, dass man für den Herd einen eigenen Raum errichtete, der dadurch zur Küche wurde.

Gleich neben der Küche lag die Toilette, ein Abtritt ohne Wasserspülung, was zwar die Entsorgung von Abfällen und Abwasser erleichterte, aber für die Nasen wenig erfreulich war. In dem herrschaftlichen Haus der Familie von Titus und Cornelia hatte der frühere Besitzer den Herd in einer Ecke aufmauern lassen – er war etwas mehr als vier Fuß hoch und ungefähr zweieinhalb Fuß breit. Unmittelbar daneben befand sich eine rund gemauerte Nische, so hoch wie die Sitzfläche eines Stuhls. Hier wurde das Holz für die Befeuerung des Ofens gelagert. Darüber standen auf eisernen Rosten unterschiedlich große Töpfe, von denen auch einige an Eisenhaken vom Abzug des Herdes herabhingen. Über dem Herd war ein Fenster, durch das der Rauch abziehen konnte. Alles Kochgeschirr hatte man direkt an den Wänden aufgehängt. Vorratsgefäße wie Säcke, Amphoren oder kleine Fässer standen an die Wände gelehnt.

Die Mutter von Titus und Cornelia war beim Umzug in das neue Haus so begeistert von dem neuen Komfort gewesen, dass man hier seinerzeit alles gelassen hatte, wie es war, und nichts renoviert hatte.

Als die Kinder in die Küche kamen, war niemand da. Vor allem Gaius staunte über das, was er hier zu sehen bekam, weil er es so nicht kannte. In der Mietwohnung, die er mit seinen Eltern bewohnte, war weder Platz für einen Herd noch für Küchengeräte. Wenn er und seine Familie essen wollten, dann suchten sie wie die meisten eine Imbissstube in der Nähe auf.

»Und hier wird für euch gekocht?«, fragte er fast ehrfürchtig.

Titus nickte bestätigend. »Klar, vor allem wenn uns Freunde besuchen. Unser Vater spricht dann immer von Götterschmäusen und von den Resten des Herrenschmauses, mit dem er seine verzogenen Sklaven satt macht.«

Der Junge ahmte die dunkle, leicht krächzende Stimme seines Vaters, des berühmten Imkers, so übertrieben gut nach, dass die anderen darüber herzlich lachen mussten.

Aber dann wurde es mit einem Mal ernst. Es galt, einen Schatz zu heben!

»Wenn wir alles richtig gedeutet haben, müssen wir ganz nahe dran sein«, meinte Publius mit bebender Stimme. »Aber wo genau ist es? Was gleicht denn hier bloß der Zeichnung des Dionysus?«

Alle blickten sich in der Küche neugierig um.

*Wo haben Maurussus und Tullia das Monile versteckt?*

»Die kostbare Halskette liegt hier irgendwo verborgen«, kam es von Gaius mit der tiefen Stimme eines Propheten. »Seit Jahrhunderten! Seit Romulus von der Wölfin, der Lupa, gesäugt wurde. Ich kann sie riechen.«

»Nichts da! Das ist bloß unsere Toilette, mein Lieber«, klärte Cornelia ihn auf.

Erneutes nervöses Gelächter allerseits.

»Hm!«, machte Titus und rieb sich nachdenklich das Kinn. »Im Herd wird es doch ziemlich heiß. Das könnte dem Schmuck doch schaden!«

»Wenn sie sich blöd angestellt haben, sicherlich«, antwortete Cornelia trocken.

Die vier Kinder musterten das vermeintlich verdächtige Objekt vor ihnen sorgfältig. Dann klopfte Gaius verschiedene Stellen des steinernen Herdes ab, um einen möglichen Hohlraum zu entdecken. Nichts. Titus untersuchte derweil das rauchgeschwärzte Innere des rund gemauerten Ofens. Auch hier war nichts zu entdecken. Publius blickte Cornelia neben sich fragend an. Das Mädchen deutete auf den Sockel und der Junge befühlte ihn sorgfältig. Auch hier war nichts Auffälliges zu entdecken. Enttäuscht wandten sich die Jungen von dem Herd ab.

Auf einmal zeigte Titus auf eine gemauerte Bank neben dem Herd, die vorn eine halbrunde Öffnung hatte. Darin wurde das Holz für den Ofen aufbewahrt.

»Kommt euch die Form irgendwie bekannt vor?«, fragte er.

»Na klar!«, grinste Cornelia. »Von wegen verziertes Schiff, Zelt oder Schild, wir stehen genau vor dem, auf das Dionysus mit seiner Zeichnung hinweisen wollte!«

Gaius nickte wissend, dann zerrten sie eilig die Holzscheite aus der halbkreisförmigen Öffnung unterhalb der Bank.

Dabei fiel Cornelia auf, dass es an einer Stelle auf dem Putz eine merkwürdige Zeichnung natürlichen Ursprungs gab, die beim Verputzen der gemauerten Bank wohl eher zufällig entstanden war. Diese Stelle sah mit etwas Fantasie aus wie eine Schlange oder ein Drache mit weit geöffnetem Maul. Ein ungewollter Hinweis auf das Versteck?

Nachdem sie die kleine Höhle für das Holz vollständig

freigeräumt hatten, tastete Gaius vorsichtig das Innere des Hohlraums ab. Aber zu seiner großen Enttäuschung wurde er nicht fündig. Er wollte schon aufgeben, als Cornelia ihn ungeduldig aufforderte, unmittelbar unter der Fläche zu suchen, die den Raum nach oben hin abschloss. Das hier musste einfach das Versteck sein! Und tatsächlich! Auf einmal schienen die Finger des Jungen auf etwas Ungewöhnliches zu stoßen.

»Hier oben am Rand klemmt etwas«, stieß Gaius aufgeregt hervor. »Etwas Dickliches. Ich weiß nicht, was es ist, aber es fühlt sich wie Stoff an.«

»Vielleicht auch nur eine fette schwarze Spinne, pass auf, gleich beißt sie dich«, argwöhnte Titus grinsend.

Vor Schreck zog Gaius seine Hände zurück. Aber dann ärgerte er sich darüber, dass er sich hatte reinlegen lassen.

»Ich versuche es vom Stein zu lösen«, erklärte er und fasste erneut in den Hohlraum hinein. Es dauerte nicht lange und er zog ein kleines graues Stoffpaket daraus hervor. Neugierig betrachteten es die vier und ahnten, dass sie ihr Ziel erreicht hatten.

»Wenn darin nicht irgendein alter Hühnerknochen versteckt ist, dann könnten wir es geschafft haben, Freunde«, erklärte Titus stolz.

Mit zittrigen Händen wickelte Gaius das kleine Paket aus. Schließlich lag sein Inhalt vor ihnen. Atemlos betrachteten die Kinder ihren Fund.

»Ist das aus Gold?«, fragte Publius und schluckte heftig.

»Gold, Perlen und Silber denke ich«, antwortete Cornelia. Sie hielt sich den kostbaren Schmuck an den Hals.

»Hübsch, nicht wahr?«

»Wir sollten jetzt unseren Vater einweihen«, schlug ihr Bruder vor und machte ein ernstes Gesicht.

Cornelia nickte. »Einverstanden. Wir müssen ihm die Geschichte von Anfang an erzählen. Er wird große Augen machen, aber er wird uns glauben müssen, weil wir ihm am Ende den Schmuck präsentieren können.«

»Und was dann?«, wollte Gaius wissen.

»Von da an ist es Sache der Erwachsenen«, antwortete Publius. »Wir haben unseren Spürsinn grandios unter Beweis gestellt. Aber was jetzt folgt, liegt nicht mehr in unserer Hand. Denn eines ist klar ...«

Gaius unterbrach ihn aufgeregt: »Bei den Göttern, wir dürfen unseren Fund nicht behalten, weil wir sonst selbst zu Dieben werden.«

»Aber was wird dann aus Maurussus und Tullia?«, fragte Gaius zerknirscht. »Kommen die ungeschoren davon, weil wir ihnen ihre Tat nicht nachweisen können?«

Cornelia zuckte ratlos mit den Schultern. »Lass das die Älteren entscheiden, Gaius. Vielleicht wissen die ja, was jetzt zu tun ist?«

In diesem Augenblick betrat Livia die Küche. In letzter Sekunde glückte es Cornelia das graue Tuch mit der Halskette wieder zusammenzufalten. Die neugierige Magd musste es nicht unbedingt zu Gesicht bekommen.

»Was macht ihr hier?«, fragte Livia. Ihre Stimme klang überrascht, aber auch ein wenig mütterlich besorgt. Sie musterte Gaius und Publius streng. »Kriegt ihr zu Hause nichts zu essen oder ist was passiert?«

»Nein, Livia, alles bestens«, antwortete Cornelia. »Kannst du meinem Vater ausrichten, dass wir ihn gerne sprechen würden? Es ist sehr wichtig.«

Die Magd riss die Augen weit auf, weil sie annahm, dass etwas ganz und gar nicht in Ordnung war.

»Habe ich mit dem, was ihr eurem Vater anvertrauen wollt, etwas zu tun?«, fragte sie eher neugierig als ängstlich.

Titus schüttelte energisch den Kopf.

»Überhaupt nicht. Aber bitte ihn zu uns zu kommen und lass niemand anderen in die Küche.«

Livia schaute sie fragend an. Es war ihr deutlich anzusehen, dass sie nur zu gerne gewusst hätte, was vorgefallen war. Hatten die Kinder etwa eine Ratte in der Küche entdeckt und bei der Jagd auf sie das ganze Holz aus seinem Platz geräumt? Sie wurde aus der Verwüstung ihrer Küche nicht schlau, hoffte aber, dass man sie nicht selbst dafür zur Verantwortung ziehen würde. Bereits Lucretia, die Mutter von Titus und Cornelia, tadelte sie viel zu häufig für Dinge, mit denen sie absolut nichts zu tun hatte. Und Livia fürchtete sich sehr davor, geschlagen zu werden, obwohl ihr Herr, der Imker, das noch nie getan hatte. Aber irgendetwas war vorgefallen, sonst würden die Kinder nicht so geheimnisvoll tun. Worum mochte es gehen? Sie würde später an der Tür lauschen, nahm sie sich vor.

Ohne zu murren führte sie den Wunsch der Kinder aus. Livia hatte den Eindruck, dass sie die Küche nur ungern verlassen würden. Als wäre dort auf etwas Wichtiges aufzupassen. Nachdem sie Marcus Titus Statilius die Bitte seiner Kinder ausgerichtet hatte, zogen sich dessen Augenbrauen fragend nach oben.

»Und worum geht es? Warum kommen sie nicht selbst zu mir?«

Sie schüttelte den Kopf. »Ich habe keine Ahnung, Herr. Sie wollen lieber in der Küche bleiben.«

»Vermutlich etwas Unangenehmes mit einem ihrer Lehrer«, brummte Marcus Titus. Man merkte ihm an, dass er keine Lust hatte, sich mit seinen Sprösslingen auseinander zu setzen. Aber dennoch erhob er sich ächzend von seinem Sessel und schlurfte langsam Richtung Küche.

Dort erwartete ihn allerdings eine große Überraschung.

Auf einmal plapperten alle Kinder gemeinsam los. Das Stimmengewirr war ohrenbetäubend und der Imker verstand kein Wort.

»Ruhe!«, rief er schließlich erbost.

Alle erstarrten.

»Fein! So ist es gut! Und jetzt der Reihe nach! Sonst seid ihr nicht besser als schnatternde Gänse!«

Das saß! Die Kinder nickten brav und bemühten sich alles verständlich zu erklären. Was ihnen schwer fiel, weil die Aufregung viel zu groß war.

»Also, das war so, ich habe eine kleine Amphore am Tiber entdeckt«, begann Gaius.

»Und danach hat er uns alle wild gemacht, ihm dorthin zu folgen, wo sie im Schlamm vergraben lag«, mischte sich sogleich Cornelia ein.

»Ich hatte gehofft, sie enthielte Goldmünzen oder zumindest eine Schatzkarte. Aber weit gefehlt«, beklagte sich Gaius.

»Als wir den Verschluss aufbrachen, fiel der Brief dieses Dionysus heraus«, fuhr Titus fort.

»Und damit begann unser großes Abenteuer!«, ergänzte Publius.

»Wie? Was? Wer?« Obwohl die Kinder jetzt nacheinander geredet hatten, konnte ihnen der Imker offenbar immer noch nicht folgen.

Schließlich einigten sie sich darauf, dass Cornelia erzählen sollte: wie sie die Botschaft in der Amphore entschlüsselt hatten, wie sie herausgefunden hatten, um welchen Mord es ging, und wie sie hinter das blutige Geheimnis von Tullia und Maurussus gekommen waren.

»Aber am Ende von allem stand der Drache, der Feuer speit«, erklärte Cornelia stolz.

»Der Drache, der Feuer speit?«, stieß der Imker aus. »Was soll das denn sein?«

Die Kinder spürten, dass er sie für übergeschnappt hielt. »Vielleicht sollte ich jetzt einfach mal das Ergebnis unserer Nachforschungen präsentieren?«, meinte Publius trocken.

Zum größten Erstaunen des Imkers zog Titus etwas Funkelndes unter seiner Kleidung hervor und zeigte es dem verdutzt dreinblickenden Mann.

»Die perlenbesetzte kostbare Halskette des Senators Claudius«, rief Cornelia stolz.

Der Imker traute seinen Augen nicht: »Und die war hier bei uns versteckt? All die Jahre?« Er konnte es kaum glauben.

»Wir schwören es bei den Göttern, das Monile dort unter der steinernen Holzaufbewahrung herausgeholt zu haben«, betonte Publius und zeigte auf die Bank.

»Wir müssen sofort deinen Vater, den Senator, informieren und der am besten gleich die Ädilen«, rief der Imker aufgeregt. »Wenn das wirklich der gestohlene Schmuck ist und dieser Maurussus und seine Tullia die Täter, wie ihr vermutet, dann ist höchste Eile angesagt«.

Plötzlich verstummte er, wandte sich um und stieß die Tür hinter sich auf. Man hörte einen erschrockenen Ausruf. Er kam von Livia, die ertappt ein paar Schritte zurückwich, weil sie die ganze Zeit über gelauscht hatte. Marcus Titus hatte die Situation sofort erfasst und blickte die Magd warnend an.

»Kein Wort von dem, was du gehört haben magst, dringt nach draußen. Hast du begriffen?«

Livia errötete bis zum Halsansatz und stammelte rasch ein »Ja, Herr! Ich werde schweigen wie ein Grab.«

Danach gab ihr der Hausherr mit strengem Blick die Anweisung, den griechischen Sklaven Plautus unverzüglich zum Senator Quintus Fabius Publius zu schicken.

»Richte ihm meine allerbesten Grüße aus und teile ihm meine Bitte mit, so schnell wie möglich zu mir nach Hause zu kommen, am besten in Begleitung eines Ädils. Es sei etwas Ungeheuerliches vorgefallen, was keinen Aufschub erlaubt.«

Livia zitterte am ganzen Körper. Das alles war zu aufregend für sie. Ihr Blick glich dem eines Kaninchen, das eine Schlange vor sich sieht. Doch schließlich löste sie sich aus ihrer Starre, nickte ergeben und eilte rasch davon, um den Auftrag des Hausherrn auszuführen.

Auch Marcus Titus Statilius verließ den Raum, nachdem er den Schmuck an sich genommen hatte. Cornelia, Titus und die anderen gingen hinüber zum Triclinium, wo ihr Vater den Senator erwarten würde, wie es üblich war. In dem stilvoll eingerichteten Raum standen drei Klinen, auf denen sich der Imker und seine Gäste niederlassen würden, um sich liegend miteinander zu unterhalten. Cornelia, Titus und Publius streckten sich auf den Klinen lang aus und benahmen sich wie die Großen. Dabei machte Titus erneut stimmlich seinen Vater nach, was für Heiterkeit sorgte. Gaius war hier zum ersten Mal und schaute sich neugierig um. In einer Ecke stand eine bronzene Dianastatue auf einem marmornen Sockel. An einer Wand erblickte der Junge ein Regal mit Schriftrollen und kostbar gefertigten Buchschatullen. Solch eine Bibliothek gab es bei ihm zu Hause auch nicht. Neugierig zog Gaius aufs Geratewohl eine Rolle aus dem Regal heraus. Gerade eben wollte er Homers Odyssee aufrollen, als ein Luftzug die Wandleuchter aufflackern ließ und sich eilig dumpfe Schritte näherten. Hastig schob der Junge die Buchrolle wieder zurück. Seine Freunde sprangen von den Klinen auf. Wenig später stand Marcus Titus Statilius in der Tür und sein strenger Blick streifte prüfend umher. Dann rief er Livia herbei und gab ihr den Auftrag, mit Honig vermischten Wein und Wasser in Krügen für seine erwarteten Gäste zu holen.

»Aber rasch, sie werden gleich hier sein.«

Er sollte sich nicht täuschen. Wenig später betraten Senator Quintus Fabius Publius und der Ädil Josephus Festus das Haus und wurden von Plautus ins Triclinium geführt.

»Willkommen unter meinem Dach«, begrüßte der Imker seine Gäste und bat sie auf den Klinen Platz zu nehmen. Der Vater von Publius musterte seinen Sohn und dessen Freunde kurz und fragte dann Marcus Titus: »Haben sie etwas ausgefressen? Ist mein Sohn daran beteiligt gewesen?«

»Nein, die Kinder haben nichts Verbotenes getan, allerdings haben sie ihre Nasen in eine alte Geschichte gesteckt und dabei eine Entdeckung gemacht, die mir heftiges Kopfzerbrechen bereitet.«

Cornelia beobachtete, wie sich auf der Stirn und der Glatze ihres Vaters Schweißtropfen bildeten. Sie konnte sich nicht erinnern, ihn jemals so aufgeregt erlebt zu haben.

»Aha!«, machte der Senator und rieb sich das Kinn. »Ich ahne ja, worum es dabei gehen mag, denn ich bin alles andere als dumm.« Er machte eine kunstvolle Pause und fuhr dann fort: »Die vier haben mich nämlich vor einiger Zeit nach dem Mord an dem ehrenwerten Senator Claudius Severus Rufus gefragt, der sich bekanntlich hier in deinem Haus ereignet hat. Und nun sind sie dabei auf etwas gestoßen, behauptest du?«

Der Imker nickte wortlos und blickte ernst auf seine Kinder und ihre Freunde, als wolle er fragen, wen um alles in der Welt sie sonst schon mit ihren Ermittlungen behelligt haben mochten.

Jetzt kam auch plötzlich Leben in den glatzköpfigen Ädil, der bisher eher gelangweilt auf der Kline gelegen und seine Augen im Raum hatte umherwandern lassen. Er wollte mehr hören.

Aber der Vater von Titus und Cornelia winkte ab. Stattdessen ließ er seine Tochter die unglaubliche Geschichte erzählen. Cornelia schluckte, aber sie machte ihre Sache gut. Sie erzählte von Anfang an und ließ nichts aus. Ihr Bericht war klar und lückenlos, und als der Imker zuletzt den gestohlenen Schmuck präsentierte, sprang der Ädil aufgeregt auf und stieß hörbar einen Fluch aus.

»Verdammte im Hades! Danach wurde viele Monate vergebens gesucht. Und jetzt, als die Sache in Rom schon beinahe in Vergessenheit geraten ist, habe ich es nun endlich vor mir. Ja, das ist dieses perlenverzierte goldene Halsband, ich erkenne es wieder, weil es eine Zeichnung davon gibt, die der eitle Senator einst hat anfertigen lassen. Er war so stolz auf diese Halskette gewesen, weil er sie eigens für seine Frau Calpurnia in Ägypten erworben hatte. Nun ist das wertvolle Teil also endlich wieder aufgetaucht. Damit ist der Fall gelöst.«

»Nein! Ist er nicht!«, entfuhr es Titus.

»Aber sicher ist er das, mein Junge«, widersprach der Senator sanft. »Dieser Dionysus hat die Kette stehlen wollen, wurde ermordet und ...«

Er merkte, dass irgendetwas nicht stimmte und unterbrach sich.

»Und hat den Schmuck anschließend im Herd versteckt?«, vollendete Gaius spöttisch.

Der Imker strafte ihn mit einem missbilligenden Blick. So durfte man nicht mit einem Senator reden!

»Sein Kumpan wird es dort versteckt haben. Derjenige, den wir niemals haben finden können«, erklärte der Ädil.

»Aber Dionysus war unschuldig«, beharrte Cornelia. »Maurussus und diese Tullia sind die wahren Täter! Warum sonst treiben sie sich vor unserem Haus herum?«

Der Ädil und der Senator schauten das Mädchen fast mitleidig an. »Wir haben zwar mit Freude und Spannung deiner Geschichte, Verzeihung, eurer Geschichte zugehört, aber es steht eindeutig fest, dass Dionysus der Mörder des Senators gewesen sein muss. Man hat die beiden seinerzeit so gefunden, wie sie sich gegenseitig getötet haben. Der Fall ist somit geklärt und das kostbare Halsband endlich wieder aufgetaucht.«

»Und Maurussus und Tullia sollen ungestraft davonkommen?«, fragte Publius enttäuscht.

»Am Ende zählen Beweise, mein Sohn! Was du behauptest, musst du auch belegen können!«, antwortete sein Vater ruhig.

»Aber wir können es doch beweisen!«, sagte Cornelia plötzlich. »Es ist gar nicht mal so schwierig.«

Alle starrten das Mädchen an. Titus' Augen leuchteten auf. Der Ädil musterte sie mit einer Mischung aus Hochmut und Neugier.

»Wie willst du sie überführen, Kind?«, fragte er schließlich.

Und Cornelia begann ihren Zuhörern einen aberwitzigen Plan darzulegen.

# XI

## Eine Reise aufs Land

Hurra!«, rief Cornelia am anderen Morgen so laut in ihrem Zimmer, dass es bis weit nach draußen auf die Straße hinaus schallte. »Hurra! Wie fahren ein paar Tage aufs Land! Ans Meer! Ist das nicht herrlich? Ich freue mich so sehr darauf.«

Aufgeregt sprang das Mädchen im Haus umher und verbreitete eine Hektik, die bald alle ansteckte. Die Kutsche für die Reise wurde von den Sklaven gepackt, die eilig zwischen dem Haus und dem Gefährt auf der Straße hin- und herliefen, Kisten schleppten und verstauten und alles vorbereiteten.

»Es kommen fast alle mit«, rief Livia einem Sklaven aus dem Nachbarhaus zu. »Nur der alte Valerius und die Magd Claudia bleiben zurück. Claudia hat sich am Knöchel verletzt und kann nicht so gut laufen. Und Valerius bekommt die lange Fahrt nicht.«

Schon bald wusste die ganze Straße, dass die Familie für ein paar Tage Rom den Rücken kehren wollte. Das war nichts Ungewöhnliches. Viele reiche Familien der Stadt verhielten sich so im Sommer. In Rom selbst war es ihnen

zu stickig, zu laut und zu schwül. Die Villa Rustica des Imkers lag eine halbe Tagesreise von Rom entfernt in der Nähe des Hafens Ostia. Das kleine Landgut wurde von fünf Sklaven bewirtschaftet, die Oliven und etwas Wein anbauten und für einen guten Wohnkomfort ihres Herrn und seiner Familie sorgten. Mehrmals im Jahr reiste die Familie auf ihr Landgut, das der Imker vor einigen Jahren günstig hatte kaufen können. Seine Unterhaltung war nicht allzu kostspielig. Cornelia liebte das kleine Haus auf einem Hügel inmitten von Olivenhainen, dessen Einrichtung eher schlicht war. Vom Eingang trat man in ein kleines Atrium, einfach gehalten, an das sich ein halbkreisförmiger Säulengang anschloss, der einen kleinen Hof umgab. Die Zimmer lagen alle ebenerdig und waren so einfach eingerichtet wie der Rest des Hauses. Cornelia fand es gemütlich. So und nicht anders stellte sie sich das Landleben vor.

Endlich war die von zwei Pferden gezogene Kutsche fertig gepackt und alles organisiert, dass die Reise losgehen konnte. Für die Sklaven stand ein Karren bereit, der sie aufs Land transportieren würde.

»Und gebt gut Acht auf meine fleißigen Bienen!«, mahnte der Imker den alten Valerius, der in der Tür stand.

»Ja, Herr! Claudia und ich werden gut auf sie aufpassen und das Haus bewachen«, krächzte Valerius und bekam einen furchtbaren Hustenanfall. Nachbarn winkten freundlich, als sich die Kutsche und der Karren rumpelnd in Bewegung setzten. Wenig später lag alles ruhig und friedlich da. Wo vor kurzem noch Hektik und Aufbruchstimmung geherrscht hatten, war jetzt Stille eingekehrt. Valerius und die Magd kehrten langsam ins Haus zurück und verschlossen danach sorgfältig die Tür. Die Straße schien menschenleer zu sein.

Aber das täuschte. Unsichtbar für alle Blicke hatte sich im Schatten mehrerer großer Skulpturen gegenüber dem Haus ein Mann aufgehalten, der alles sehr genau beobachtet hatte. Nun überzog ein höhnisches Grinsen sein dunkelhäutiges Gesicht. Verlässt der Reiche arglos sein teures Haus, so freut sich der Arme mit den flinken Fingern, dachte er hämisch.

›Abends, wenn es dunkel ist, schlagen wir zu‹, dachte der Mann aus Mauretanien, ›denn nur ein Greis und eine dumme Pute beschützen den Stall, wo die goldenen Eier liegen. Was kann schon schief gehen, wenn ich sie mir jetzt endlich holen will? Nach so langer Zeit. Und vor allem, wo keiner im Haus ahnt, was sie Kostbares unter ihrem Dach verborgen haben!‹ Der Mund des Maurussus verzog sich zu einem bösen Lächeln, das jedem, der es gesehen hätte, das Blut in den Adern hätte gefrieren lassen. Die fußkranke Magd und der alte Valerius stellten nun wirklich kein Hindernis für ihn dar. Er würde in diese Villa eindringen!

Selbstverständlich wussten Maurussus und Tullia, wie sie am besten ins Haus einsteigen konnten. Beim ersten Mal war es noch einfacher gewesen, weil dieser dumme Dionysus sich bis über beide Ohren in Tullia verliebt und ihr jeden Wunsch von den Augen abgelesen hatte. *Amantes amentes* – Verliebte sind verrückt, dachte Maurussus zufrieden, während er sich auf den Heimweg machte und die Bilder von damals noch einmal an sich vorbeiziehen ließ.

»Lass mich heute Abend ins Haus, liebster Dionysus«, hatte Tullia dem verliebten Leibwächter ins Ohr gesäuselt.

»Das darf ich doch nicht, wunderschöne Tullia«, entgegnete Dionysus verwirrt und es war ihm anzumerken, wie schwer ihm dieser Satz über die Lippen kam.

»Aber, aber mein Liebster«, flötete Tullia. »Du wirst mir doch nicht abschlagen können, was auch dir gefällt? Ich will auch nur kurz bei dir sein. Wer sollte uns denn bemerken, wenn alles im Hause schläft? Ach bitte, mein starker Dionysus, lass dich von mir erweichen!«

Dieser Mann mochte noch so klug im Erfinden von Geheimschriften gewesen sein, aber im Umgang mit Frauen war er absolut unerfahren. Dionysus hatte schließlich nachgegeben und Tullia spät abends ins Haus des Senators hineingelassen. Wie hätte er ahnen können, dass seine Angebetete mit Maurussus zusammenarbeitete! Tullia bat Dionysus um etwas Wein für sie beide. Unbemerkt schüttete sie ein Pulver in den Becher ihres Opfers, das ihn außer Gefecht setzte. Dann öffnete sie die Tür des Hauses und ließ Maurussus hinein. Ihr Plan, über den verliebten Dionysus ins Haus zu gelangen und danach das wertvolle Monile zu stehlen, schien wunderbar aufzugehen! Wo der Schmuck lag, hatte Dionysus seiner angebeteten Tullia zuvor in einem unachtsamen Moment preisgegeben.

Alles wäre glatt und ohne Mord verlaufen, wenn nicht mit einem Mal der Senator aufgewacht wäre. Claudius Severus Rufus meinte irgendetwas Verdächtiges im Haus gehört zu haben.

»Dionysus!«, rief er laut. »Was ist das gewesen? Ich habe Geräusche vernommen.«

Keine Antwort! Das kam dem Senator sehr merkwürdig vor. Bislang war immer Verlass auf den alten Haudegen Dionysus gewesen. Der Senator stieg die Treppe hinab nach unten und traf dort auf Maurussus. Der Afrikaner packte den Senator und warf ihn zu Boden. Aber der Senator war alles andere als feige. Mit einem Krug, den er zu fassen bekam, setzte er sich heftig gegen den Einbrecher zur Wehr. Es wurde laut im Haus und sein Leibwächter hätte längst eingreifen müssen! Immer wieder schrie der Senator seinen Namen: »Dionysus! Dionysus!«

Genau das hatte ein Zeuge, der zufällig auf der Straße so spät nachts am Haus des Senators vorbeikam, gehört und am anderen Tage den Ädilen gegenüber ausgesagt. Es wurde als Beweis genommen, dass niemand anders als Dionysus der Mörder des Senators gewesen war. Der Zeuge selbst hatte seinerzeit deshalb nicht versucht einzugreifen, weil er hinter allem nicht mehr als einen heftigen privaten Streit vermutet hatte.

Am Ende hatte Maurussus den Senator mit einem Messer erstochen. Unterdessen war Dionysus von dem Lärm wieder wach geworden, so dass sie ihn fesseln mussten. Es war Tullias Idee gewesen, den wertvollen Schmuck nicht mitzunehmen, weil man nach dem Mord an dem Senator allzu eifrig in Rom danach Ausschau halten würde.

»Aber wohin damit, Tullia?«, fragte Maurussus.

»Versteck es in der Nähe des Herdes, dort, wo niemand es vermuten würde«, schlug sie listig vor. »Verborgen in einer Ritze im Innern des Verschlags für das Brennholz wird es niemals jemand finden, solange er keinen Hinweis hat!«

Der am Boden liegende Dionysus musste wehrlos alles mitanhören, ohne eingreifen zu können.

»Und was machen wir mit dem dort?«

Maurussus trat dem Leibwächter des Senators derbe in die Rippen, so dass dieser gequält aufstöhnte.

»Wir müssen ihn töten, damit er uns nicht verrät.« Tullia musterte Dionysus kalt und fügte hinzu: »Und wenn wir es geschickt genug anstellen, wird jeder glauben, dass *er* den Senator auf dem Gewissen hat.«

In diesem Augenblick schloss Dionysus mit seinem Leben ab. Blitzschnell entwickelte er einen allerletzten Plan.

»Lasst mich einen Abschiedsbrief schreiben«, bat er Tullia. »Bitte, gewährt mir diesen letzten Wunsch.«

Maurussus hatte noch versucht die seltsame Idee des Todgeweihten abzublocken, aber Dionysus hatte nicht locker gelassen.

»Ihr könnt ihn lesen, bevor ich ihn in eine Amphore stecke, die ich verschließe und die du meinetwegen in den Tiber werfen kannst. Irgendwann wird jemand sie finden und lesen, wie sehr meine Liebe von dieser Frau mit Füßen getreten wurde.«

Offenbar hatte Tullia diese Anhänglichkeit geschmeichelt und sie hatte kalt lächelnd und voller Herablassung geantwortet: »Wenn es mehr nicht ist, dann gewähren wir dir deinen letzten, dämlichen Wunsch.«

Und genau so kam es. Während Maurussus in der Küche nach einem geeigneten Versteck für die Halskette suchte und schließlich auch fand, nahm Tullia Dionysus seine Fesseln ab und ließ ihn seine letzten Gedanken aufschreiben. Anschließend las Tullia den Brief laut vor und lachte böse. »Wer liebt, leidet auch, du dummer Kerl, hast du das nicht gewusst?«

Maurussus hatte es nicht lassen können, seinen Kommentar unter den Abschiedsbrief des Dionysus zu kritzeln. Wie konnte jemand nur so verblendet sein – aber umso besser für den Plan des Afrikaners und seiner hübschen Geliebten.

Sollte der Kerl doch seinen letzten Willen haben und den Brief in eine Amphore stecken dürfen! Niemand würde diese finden!

Dann töteten sie den wehrlosen Mann und richteten alles so ein, dass es aussah, als hätten sich der Senator und sein Leibwächter im Kampf gegenseitig umgebracht. Auf der Flucht schleuderte Maurussus die Amphore in den Tiber, wo sie vor seinen Augen versank.

Und es vergingen fünf lange Jahre.

Aber heute Nacht war es endlich so weit. Maurussus konnte es kaum erwarten, das Geschmeide wieder in Händen zu halten. Rom war ahnungslos, hatte den Mord längst vergessen. Der Imker war ebenfalls ahnungslos, was den Schmuck in seinem Haus betraf. Ausgeflogen war die Familie und aufs Land gefahren. Was konnte es Besseres geben, als gerade heute einzusteigen, um sich zu holen, worauf sie so lange gewartet hatten? Ein Hehler im Süden des Landes würde ihnen die Ware für teures Geld abkaufen, er und Tullia würden Rom verlassen und andernorts in Ruhe und Reichtum leben können.

Ins Haus zu gelangen, ging leichter als gedacht. Die Tür war noch nicht einmal gut verschlossen gewesen. Von der Magd und diesem Tattergreis Valerius keine Spur. Eigentlich hätte das die beiden Einbrecher stutzig machen müssen. Aber Maurussus und Tullia waren sich ihrer Sache ganz sicher.

Schließlich standen sie in der Küche und atmeten tief durch.

»Wir haben es endlich geschafft, Tullia«, sagte Maurussus stolz. »Wir sind am Ziel unserer Wünsche.«

Dann griff er in das Versteck hinein und fand dort das in Stoff eingehüllte kostbare Halsband.

»Wir sind jetzt reich, Tullia. Niemand kann uns jetzt noch aufhalten.«

Tullia strahlte: »Und keiner ahnt, was wir hier tun!«

Doch Tullia und Maurussus waren längst nicht so unbeobachtet, wie sie sich fühlten.

*Wieviele Menschen haben sich im Haus versteckt, um Maurussus und Tullia bei ihrem Besuch zu überraschen?*

»Ich habe es doch immer gesagt, wir zwei sind die Größten!«, grinste Maurussus.

»Die größten Schufte von Rom, allerdings«, hörten sie plötzlich eine Stimme. Die gehörte dem Ädilen Josephus Festus, der plötzlich mit einer Öllampe in der Tür stand. »Ihr seid vor allem die unglaublichsten Idioten dieser Stadt, denn ihr habt einen gewaltigen Fehler gemacht.« Und nach hinten gewandt rief er: »Ergreift sie! Sie werden ihre gerechte Strafe erfahren.«

Drei Soldaten stürzten in den Raum hinein und ergriffen Maurussus und Tullia, die sich vor Schreck kaum zur Wehr setzten.

Gefesselt wurden die beiden abgeführt. Dabei gingen sie an den vier Kindern vorbei, die plötzlich alle am Eingang des Hauses standen, dem alten Valerius, der vor Freude einen Hustenanfall bekam, und der fußlahmen Magd, die sie frech angrinste. Was für eine Schmach! Der Imker und seine Frau und der Senator waren ebenfalls anwesend. Die Reise aufs Land und die so gut wie verwaiste Villa waren nichts als eine gelungene Täuschung gewesen.

»Wie ist das möglich, dass ihr wusstet, wonach wir gesucht haben?«, rief Tullia aus. »Niemand kann das geahnt haben. Niemand!«

»Du vergisst den Brief des Dionysus!«, erwiderte der Senator knapp.

Tullia riss entsetzt die Augen auf und des Maurussus' Kinnlade klappte vor Staunen weit nach unten. Die Amphore wähnte der Mann längst auf dem schlammigen Grund des Tibers. Doch anscheinend ...

»Aber in dem Brief des liebestollen Gockels stand doch nichts, was uns hätte verraten können«, gab Tullia trotzig zurück.

»Oh doch! Dieser Brief sagt mehr aus, als es eure Holzköpfe vermuten. Man musste ihn nur richtig zu lesen wissen. Dionysus hat euch kräftig reingelegt«, erklärte der Imker und blickte stolz auf die vier Freunde.

»Aber wie habt ihr das alles nur herausbekommen?«, schluchzte Tullia auf.

»Mit Köpfchen«, antwortete Cornelia und lächelte.

»Tja«, meinte der Imker. »Was ich meinen Kindern täglich mit auf den Weg gebe, ist so einfach: Esst Honig, esst täglich davon und euer Verstand arbeitet doppelt so schnell. Das hättet ihr auch beherzigen sollen!«

Tullia brach in Tränen aus, als ihr dämmerte, dass der Mann, den sie für ihren Raub so schamlos ausgenutzt hatte, am Ende Sieger geblieben war.

Maurussus aber starrte die Kinder stumm und finster an.

›Ich hoffe nur, dass man ihn für immer auf die Galeere schickt‹, dachte Publius. ›Denn falls der uns jemals in die Finger kriegen sollte ...‹

# Lösungen

**Seite 14/15**
Der Geldbeuteldieb läuft soeben oben links vor dem Geschäft mit den Amphoren entlang. Außerdem greift am unteren Bildrand jemand in den Lastkorb des Esels, hinter dem Kopf des Esels ist ein Dieb zu sehen, der soeben einen Mann um seinen Geldbeutel erleichtert, rechts oben im Bild bestiehlt jemand den Vogelhändler und der Hund in der Bildmitte hat seine Wurst bestimmt auch nicht bezahlt!

**Seite 31**
ZHV KDW VHQDWTU IHWRHWHW ILSV heißt: Wer hat (den) Senator getötet? Gips. (Weil A zu D wird, B zu E, C zu F, D zu G usw.)

**Seite 36/37**
Der Amphorendieb geht ein wenig oberhalb des Brunnens durch die Menge.

**Seite 50**
Claudius hatte ihnen erklärt, dass man Weinamphoren mit Gips verschließt.

**Seite 52**
Auf dem Amphorenverschluss ist ein Feuer speiender Drache eingeritzt. Es ist auf Seite 105 ganz zu sehen.

**Seite 70**
Der Senator hatte erwähnt, dass die beiden Toten im Gang des Hauses, im Andron, gefunden wurden.

**Seite 79**
Fluss an sieben Hügeln T- I- B- E- R
Stinkendes Gewürz G- A- R- U- M
Cäsars größte Eroberung G- A- L -L- I- A
Frauen lieben es am Hals M- O- N- I- L -E
Senators erster Name C- L- A- U- D- I – U- S
Tier, das zwei Brüder säugte L- U- P- A
Der gesuchte Frauenname ist TULLIA

**Seite 86/87**
Maurussus hat sich oben im Bild hinter der Sänfte versteckt. Er ist einer der Diebe, die im Argiletum ihrem Handwerk nachgehen und ist bereits ganz rechts auf dem Bild Seite 15 zu sehen. Titus ist mit ihm unsanft zusammengestoßen, als er mit seinen Freunden vor dem Mann floh, dessen Geldbeutel gestohlen wurde.

**Seite 99–101**
Tullia und Maurussus sind Richtung Palatin zum Haus des Imkers unterwegs.

**Seite 105**
Das gepunktete Band im Halbkreis über dem Kopf ist das mit Perlen besetzte Monile.

**Seite 108/109**

Die vier machen sich auf in Richtung Küche, wo der Ofen steht – bildlich gesprochen also der Drache, der Feuer speit.

**Seite 112/113**

Der gemauerte halbrunde Bogen, in dem das Holz gelagert wird, gleicht in der Form der Abbildung auf dem Gipsdeckel. Dort ist das Monile versteckt.

**Seite 134/135**

Der Ausflug aufs Land war nur eine Finte. In Wirklichkeit haben sich die 4 Freunde, die Eltern von Cornelia und Titus, die Sklaven, der Senator und der Ädil mit seinen Leuten überall im Haus versteckt. Findest du sie alle? Es sind insgesamt 13!

# Wichtige Namen und Begriffe

*Andron:* Gang in einem römischen Haus, meist Verbindung zum Garten

*Ädil:* Würdenträger mit Polizeifunktion, unter Cäsar wurde ihre Anzahl von vier auf sechs erhöht.

*Amphore:* zweihenkliges, bauchiges Tongefäß für Öl und Wein

*Argiletum:* Straße der Händler in Rom

*Atrium:* zentraler Raum des römischen Stadthauses

*Bacchus:* Gott des Weines

*Basilica Aemilia:* mehrschiffige Gerichtshalle am Forum Romanum

*Calda:* Glühwein

*Capitol:* einer der sieben Hügel Roms und politisches Zentrum der Stadt

*Centurio:* römischer Hauptmann, Anführer einer Hundertschaft Soldaten

*Cubiculum:* Schlafzimmer

*Culina:* Küche

*Denar:* römische Silbermünze

*Diana:* Göttin der Jagd

*Forum Romanum:* Marktplatz, größter und zentraler Platz in Rom

*Galeere:* von Sklaven oder Verurteilten gerudertes Kriegsschiff

*Gallia:* im Wesentlichen das heutige Frankreich

*Garum:* scharfe, in der Römischen Küche beliebte Fischsauce mit durchdringendem Geruch

*Hades:* Unterwelt, Totenreich

*Homer:* sagenhafter griechischer Dichter

*Hypnos:* Gott des Schlafes und der Träume

*Janus:* doppelköpfiger Gott der Ein- und Ausgänge, des Anfangs und des Endes

*Jovis Maximus Deus:* höchster römischer Gott

*Jupiter:* anderes Wort für Jovis

*Lapis Niger:* »Schwarzer Stein« auf dem Forum Romanum, gilt als Grab des Romulus

*Libra:* römisches Gewicht, 1 Libra entspricht 327,45 g

*Liktor:* Amtsdiener der höheren Beamten, trug diesen als Zeichen der Amtsgewalt römischer Beamter ein Rutenbündel mit Richtbeil voran.

*Lupa:* die Wölfin, soll der Sage nach Romulus und Remus gesäugt haben.

*Merkur:* Gott des Handels und der Diebe, gilt auch als Götterbote

*Monile:* Halskette

*Odyssee:* neben der Ilias eines der zwei Hauptwerke Homers, das die Irrfahrt und Heimkehr des Odysseus aus Troja nach Ithaka beschreibt

*Palatin:* berühmtester der sieben Hügel Roms, von wo aus die Kaiser herrschten.

*Papyrus:* grasartige Pflanze, die als Schreibpapier diente

*Peristyl:* rechteckiger, von Säulen umgebener zentraler Hof innerhalb eines Gebäudes

*Pons Probus:* eine der zahlreichen Tiberbrücken

*Remus:* Bruder des Romulus, sagenhafter Mitbegründer Roms

*Romulus:* Bruder des Remus, Gründer Roms

*Satiriker:* römischer Schriftsteller, der Zeit- und Gesellschaftskritik betrieb

*Sesterze:* kleinste römische Silbermünze

*Sphinx:* Mischgestalt aus Löwenleib und Menschenkopf, Symbol des Rätselhaften

*Subura:* Stadtteil Roms, nördlich des Argiletums

*Tiber:* Fluss durch Rom

*Toga:* mantelähnliches weißes Obergewand der Römer

*Triclinium:* Esszimmer mit Liegen, auf denen liegend gegessen wurde.

*Tunika:* knielanges Unterkleid, wurde von Männern und Frauen getragen

*Vinum sanguineum:* Rotwein

*Vinum album:* Weißwein

# Inhalt

Personen der Handlung ........ 7

I Flink wie ein Schnappmaul ........ 9
II Eine mysteriöse Botschaft ........ 21
III Die verschwundene Amphore ........ 33
IV Ein höchst seltsames Puzzle ........ 51
V Offenbar geht es um Mord ........ 57
VI Eine wichtige Entdeckung ........ 72
VII Das größte Klatschmaul Roms ........ 86
VIII Auf Tullies Spuren ........ 94
IX Des Feuer des Drachen ........ 103
X Des Rätsels Belohnung: Monile ........ 110
XI Eine Reise aufs Land ........ 125

Lösungen ........ 138
Wichtige Namen und Begriffe ........ 141